KB126467

파이

김건영
1982년 전라남도 광주에서 태어났다.
서울예술대학 미디어창작학부를 졸업했다.
2016년 『현대시』를 통해 시인으로 등단했다.
시집 『파이』를 썼다.
현재 '다시다' 동인 활동 중이다.

파란시선 0037 파이

1판 1쇄 펴낸날 2019년 6월 30일
1판 2쇄 펴낸날 2022년 3월 1일
지은이 김건영
디자인 최선영
인쇄인 (주)두경 정지오
펴낸이 채상우
펴낸곳 (주)함께하는출판그룹파란
등록번호 제2015-000068호
등록일자 2015년 9월 15일
주소 (10387) 경기도 고양시 일산서구 중앙로 1455 대우시티프라자 B1 202-1호
전화 031-919-4288
팩스 031-919-4287
모바일팩스 0504-441-3439
이메일 bookparan2015@hanmail.net

ⓒ김건영, 2019, printed in Seoul, Korea

ISBN 979-11-87756-43-9 04810
 979-11-956331-0-4 04810 (세트)

값 10,000원

파이

김건영 시집

차례

0

내 잘못의 원인이자 결과인 세계의 뱀에게

1

질서라는 하나의 기형을 사랑한다
내가 쌓은 블록들을 무너뜨리면서 나는 살아왔다

알고리듬

　이 죄는 나도 알아요 눈을 감으면 끝난다는 것을 설사 끝나지 않는 것이 있더라도 여러 번 감으면 끝날 수 있다는 것을 나는 않고 있고 몸속에 시간이 쌓이는 것으로 먼 별에서 순교자와 배교자의 자식들을 불태우며 항성보다 빛나는 별이 있음을 이해한 후 단지, 약속했던 손가락을 자를 뿐인데 웃자란 가지가 뿌리로부터 멀어지려 제 머리를 찢고 온몸에 눈을 틔울 때 한밤중은 몸을 뒤집으며 떨기 위한 구실임을 잊지 마라 이르니 제 손바닥으로 허공을 문지르고 잎은 자라 시간을 흐리면서 흐르지 않고 주름만 깊어질지니 화형된 자들이 쌓인 행성은 백색의 외골격으로 추위를 형용하고서 마냥 떠올라만 있어 그 빛을 받아 붉어진 이마를 눌러 주며 이 별에 있는 모든 돌아오는 것들의 이름을 되뇌어 주던 사람이 있더라 했었는데 토마토 기러기 일요일 같은 것들은 돌아오고도 그는 돌아오지 않고 이 별의 사육사는 지구의 적극적 기울기에 대해 침묵하고 우주에 늘어진 검은 현을 연주하던 꿈속에서 껌을 씹거나 꿈속에서 꿈꾸지 않는 꿈을 꾸며 긴 잠이 들었었다 이르니 문을 활짝 열어 두고 보는데 바람이 그것을 닫아 버린 것을 듣고서 놀라 꿈에서 깨어나 누구든 나타나서 내 창문 너머로 적의라도 보여 주기를 바라고는 다시

문을 열고 몸을 식히려 꿈속의 육신으로 기어들어 갔으니

1

나는 질병과 함께 나아갈 것이다

덜 떨어진 눈물

이것은 이유를 모르는 유리다 만난 적 없는 사람과 일곱 번쯤 작별하고는 알았다 시작한 적도 없는데 끝만 있다 미간에 박힌 눈물을 본다 탄생의 이유가 없으니 하강의 이유도 없는 덜떨어진 눈물이다 한밤중에는 검은 개보다 흰 개가 무서워진다 골목에 물이 가득 차도 윤곽이 보인다 누렇게 뜬 달을 보면 거대한 안구 속에 들어와 있는 것 같다 이 눈의 주인은 밤에만 걷는구나 한낮에는 종이 위에 서 있는 것처럼 온몸이 검어진다 이런 것으로 편지를 쓴다 모든 것을 편지로 생각하는 버릇이 있다 편지는 미래로 가서 과거로 돌아온다

모든 것은 상상입니다 아무것도 아닙니다 다만 봉해진 말들의 산입니다 어디로 가는지 실은 알고 싶지 않습니다

손바닥에 像想이라고 썼다 구름 속에서 코끼리 떼가 나타났다 지난밤 우리가 서로를 끌어안았을 때 서로의 유리체가 스쳐 지나갔다 검은 개와 흰 개가 몸을 포갠 것처럼 새벽이 왔다 비문증에 걸린 두 사람이 입을 꾹 다물고 제각기 투명해졌다 우리는 서로를 포옹 속에서 통과했다고 믿는다 제 앞으로 걸어가며 눈물이 되어 달 밖으로 빠져나

17

가려는 사람이었다 행성들의 유격이 눈에 고였다

2

질병이 없으면 나아질 수 없다

기이

가지의 갈라짐은 입을 부른다 잎은 가을을 바라고
눈의 예감이 잎의 색을 물들일 것이다 하여 나무의 시간을
아는 자들이 인간의 백 세를 期頤라고 번역하기도 하였다

물이 든 북 같았습니다
터지지 않는
채를 견디는 먹먹한 소리
왜, 찬, 숲에서, 타고, 있습니까
너의 의자는 숯을 태우고 있습니까

한 잔의 차를 마시고
이것을 진화시킬 수 있겠습니까
가당한 나무에서는 겨울에도 잎은 내기
먼저 지는 사람이 눈[雪] 내리기
재와 눈을 섞기

바다를 건너갈 것처럼 망연히
스푼을 저으면
설탕은 단호하게 가라앉고
비명을 지르는 그믐은 검은 물에 녹아 버리고
의문문이 열립니다
흰 것과 검은 것을 섞었을 때

하얘지는 것을 본 적이 있습니다
너의 외국어는 탁자처럼
단단합니까

한 문장도 밑줄을 치지 않은 책을
덮는 것처럼 이제 가십니까
남아 있던 각설탕의 모서리는 날카로워지고
의문문은 누가 답습니까 돌아는 오십니까
손목시계 속에서 침엽수들이 잎을 떨구고 있습니까
나머지 수명에 기대
나의 의자는 높이 자라고 마는 것입니까

탁자 위의 손이 겁에 질린 새처럼 도망칠 때
숲에 불이 옮겨 붙었습니까
바다로 피신하려 합니까

술래잡기처럼
뒤에 나올 사람이 저 문의 열기
왜, 숲은, 타고, 있습니까
왜 이 페이지만 젖어 있습니까

복숭아 껍질을 먹는 저녁

저녁이 되면 복숭아를 깎아 껍질을 먹는다 노을은 귓속 말처럼 소리를 낮춘다 나는 복숭아 껍질 알러지가 있어요 우리는 분홍 손끝으로 과육을 집어 든다 녹아들어 가는 복숭아의 본질은 어디에 있는가

접시 위에 핏물이 흐른다 입을 열고 이야기의 단단한 껍질을 벗겨 낸다 우리가 통조림처럼 단호하게 서로의 몸 속을 연다면 식도에 가득 찬 분홍빛 살점을 볼 수 있을 것이다

위장 속에서 복숭아의 털이 자란다 누군가의 위장 속으로 복속된다 할지라도 껍질로 복숭아의 영역을 확보한다 입을 닫고 씹어 삼킨다 공동의 침묵은 이야기의 도화선

복숭아를 복숭아답게 하는 중심은 어디인가 완전한 복숭아에 대해서 이야기할 수 있을 때까지 기다린다 우리는 아름다운 분홍으로 나누어질 빨강색 과육을 가지고 있다 색깔을 번역하다가 무른 과육을 깨닫는다 달아오른 얼굴이 설탕을 녹이듯이, 가루가 액체가 되듯이, 피복이 벗겨진 전선처럼 무릎을 꿇고

바닥을 그러쥐면 우리의 복사뼈가 살점을 벗고 떠오른다 이야기의 표면만 이야기하면서, 복숭아를 이해하려 시도한다 나는 진지한 이야기엔 알러지가 있어요 우리에게

한 뼘의 땅이라도 있었다면 서로의 발목을 심어 줄 수 있

을 것이다

3

질서 역시 질병의 한 순서일 뿐이다

층계참

층계참에 서 있는 사람을 보았다 층계참에 오래도록 머물 수 있는 사람은 슬픔을 곱씹는다 비밀의 끈을 풀어내거나 분노한다 층의 국경은 너무 가까워서 전서구를 날릴 수 없다 층계참에 사는 사람을 보려면 층계참에 가야 한다 그곳에 사람이 가득 차면 슬픈 일이 일어난다 계단의 중간은 비어 있고 덫을 놓고 사람을 기다린다 누군가 먼저 와 있다면 자신만의 층계참을 찾아가야 한다 멈춰 서서 여기에 없는 사람과 여기에 없는 것들에 대해서 이야기한다 영원히 잠시간 머물 수 있는 층계참 적당한 더위와 추위가 있는 도래지 아무도 비를 맞을 수 없지만 어쩐지 모두 젖어 있다 펜도 없이 편지를 쓰고 공기 속에 놓고 간다 투명해질 때까지 고개를 끄덕거릴 수 있는 곳을 찾는다면 층계참이 좋다 반쪽이 된 사람들이 나머지를 잊고 서 있다 출구가 너무 많고 공공연히 비밀을 말할 수 있다 층계참에 오래 서 있으면 모르는 사람들을 배웅할 수 있다 지나치게 배부르거나 지나치게 배고픈 자들이 오르고 내린다 지나친다 아무도 숨지 않는 층계참에는 귀신도 머물지 않는다

루미놀

한 번도 피를 흘리지 않은 사람의 피는 푸른색이래 처음으로 피를 흘린 순간 공기에 닿아 모든 피가 붉어지는 거래 살아 있는 것은 영영 혼자서 떠도는 거야 피가 그러하니까 창백한 표정을 보면 푸른 물이 생각난다 깊은 물을 떠다 놓으면 투명해지는 것이 표정과 닮았다 격렬하게 움직이던 표정을 그려 놓으면 영원히 잠잠해지려는 수면이 된다 혼자 *바다에 있을 때면 바다 깊은 곳에 빛이 보인다더군* 걸어도 걸어도 한밤중에 보이는 것은 빛뿐이고 어둠은 보이지 않는다 한낮에도 사람은 죽어서 사라지고 노을이 보인다 보이는 것은 빛뿐이다 어린 시절 내가 부러뜨린 가지에서 얼마나 많은 새가 길을 잃었을까 아무도 죽지 않았다고 믿어지던 날 물가에 서서 물로 걸어 들어가지는 않는 나무들처럼 나는 마음속에서 여럿을 죽였다 그때의 노을에 이름을 붙여 두었다

●혼자 바다에 있을 때면 바다 깊은 곳에 빛이 보인다더군: 미야모토 테루 원작, 고레에다 히로카즈의 영화 「환상의 빛」 중에서.

여름밤

물속에 있으면 비를 잊을 수 있다 침대도 편지도 없고 마른 것도 없다 몸을 한껏 펼친다 머릿속에서 눅눅한 페이지들이 천천히 녹아내린다 물속은 가득 차 있다 물고기들이 제 몸속으로 음악을 삼키고 있다 배 속에 진회색 구름이 차오른다 물속에는 갈림길이 없다 잠길 수 있다 결빙이 없다 표정처럼, 얼음은 언제나 바깥부터 시작된다 목욕도 없다 가끔 숲이 있다 흔들리는 부드러운 나무들 물속에서는 옷장이 필요 없다 그 사이에서 물고기들은 헐벗거나 먹거나 마신다 말없이 그러나 물고기들은 음악을 풍기고 있다 수면이 얼어붙는 동안에도 풍만한 냄새로 가득 찬 움직이는 음표 물속에서 누군가의 뺨을 때릴 수 있었다면,

상대방이 멈추기로 결심했기 때문에 가능한 음악이 있다 물속에는 식탁이 없다 마주 볼 필요 없다 비명 없이 우리는 지느러미를 흔들며 서로에게 작별을 고할 수 있다 안녕 안녕

그런 물속에 우리는 잠시 있을 수 있다

미궁을 헤매는 자의 발걸음은 비로소 춤이 된다

부르튼 숲

식탁 앞에 누군가 있다 곰팡이처럼 얌전하게 접시에 앉아서 손을 흔든다 너무 커다래서 보이지 않는 사람이 있다 송곳니를 드러내고 웃는 사람도 있다 우리는 군체입니다 우리의 이름들은 중요하지 않습니다 그저 부르튼 숲으로만 불러 주세요 우리는 모두 죽었지만 이렇게 접시 위에 있겠습니다 아직 뜨겁습니다 한때 우리는 누군가의 시금치이자 케일이었습니다 훌륭하게 바스락거리는 잎을 지니고 있었습니다 부글거리지 않겠습니다 우리는 멀고 먼 곳에서 모여든 숲

합창을 할 수도 있습니다 우리는 중력 앞에서 경건합니다 접시 위에 엎드린 우리를 보세요 우리는 선합니다 사람들은 우리 앞에서 기도합니다 자 이제 더욱더 선량한 입김으로

우리의 부러진 육체를 휘젓고 녹아내린 영혼을 씹어 삼켜 주세요 우리가 당신이 되겠으니 당신의 허기를 먹고 우리의 모든 맛으로 스미겠으니

내생의 폭력

내 생의 폭력은 죽어도 끝나지 않는다

티베트 망명지에서 수용소를 탈출한 스님의 이야기를 들었다 그 안에서 무엇이 가장 두려웠나요 그는 말했다 나를 고문한 사람을 미워할까 두려웠습니다 나아가 모든 중국인을 미워할까 두려웠습니다

마음속에서 사람을 죽인 적이 있다 마음이 남아서 마음을 죽이려다 차가운 손에 화상을 입는 사람을 보았다 고기를 구웠다 나는 고기를 좋아합니다 누군가 이것을 죽였다는 말입니다 나는 먹고 마시고 말한다 어느 것도 마음에 들지 않는다 소리가 퍼진다 미안하다는 말입니다 고기에는 귀가 없다

나는 망명지가 없었다 되찾아야 할 나라도 없었다 사는 연습은 어디서 할 수 있는가

내생의 폭력은 현생에 준비되어 있다 물과 공기가 있는 것처럼 신을 비난하지 않고 어떻게 세상을 사랑할 수 있습니까 나는 사람의 말로 신의 말로를 쓴다 죽어 가는 태양

과 죽어 가는 별들이 있고 여전히 죽어 가는 사람들이 있다 우리는 그저 이미 죽은 자를 가름끈으로 쓰고 있을 뿐입니다 신이 있다면, 신을 비난하는 것이 신이 나에게 준 사명이다 나는 많은 것을 사랑하기 위해 저주를 생각한다 사람보다 신을 미워하는 일은 얼마나 사랑스러운가 우리는 다음 생에 만나서 더 많은 잘못을 해야 한다

모잠비크 드릴

몸속에 먼지가 가득 쌓여 있다
그것들은 애완 먼지였으므로 모두에게 이름을 지어 줘
야 했다 그것들은 서로 너무 닮았고 작았다 신이라는 것
은 어쩌면,

거짓과 진실을 섞어 진실한 거짓말을 만들었다
천사의 뒤편에는 무엇이 있을지 알고 있다
그림자가 있겠지 그래
독실한 신성모독자인 그는 매 순간 신을 욕보였지만 기
록에 남는 불경이 필요해서 문장을 지었다

신이 잠들었을 때 그의 안구가 보고 있던 것은
우주 속을 떠도는 찻주전자 하나
아름다운 일인용 지옥

신
없다,가 있다 있다,가 없다 평범한 일은 이상하다
이상한 일이 평범하다 믿음은 참 안온하지

신이 있다면

신이 없다면

　신을 믿는 사람이 주는 마음은 꼭 잔반 같았는데 그는
싫어하지 않았다 시 같은 걸 쓴다고 믿는 김건영은 잔반
을 받아먹고도 살이 쪘다
　사방에 공기가 가득 차 있다 어디에나 신이 있다니 믿어
지느냐고 믿음이 강한 사람들이 듣는다면 불편하겠지 믿
음이 강한 자들은 믿음을 자랑한다 고통스러워하는 사람
앞에서 성호를 긋는다
　가슴에 두 발 이마에 한 발 참 안온하다
　테트리스 게임처럼 완전히 채워진 것은 사라진다
　한 은총이 다른 사람의 은총을 천천히 거둬 간다 역순
으로 단단한 믿음이 총알처럼

　나는 아직 한 번도 죽어 본 사람을 못 만났다

　아침마다 알약 세 개를 세게 삼키고
　나서 묻는다 이게 총알이었나요
　나아질 것이라는 믿음은 대체 어디서 옵니까

우산을 숭배하는 비가 있다 누군가 우산을 펼쳤기 때문
에 비가 오는 것이다 나는 여전히 더러 울고 더러울 테니
너희들은 비를 맞으라

내가 연습하던 죽음이 누구의 것인지 모르겠다 언젠가
신의 이마에 총알을 박아 넣을 수 있다면

●우주 속을 떠도는 찻주전자: 러셀의 찻주전자.

수피

나무를 칼로 찌르던 남자를 알고 있다 찌르다 찌르다 나무가 된 남자를 알고 있다

공중을 긁던 손가락이 있었지 피가 흐르는 저녁은 왔다 이 밤에 어딜 가니, 발목을 넣어 둔 옷장을 열 때면 새된 소리가 흘러나왔다 가지에 앉고 싶어

나이 든 무희들이 사는 골목을 알고 있다 전생이 나무가 아니라는 증거를 대기 위해 무릎을 숨기고 사는 무희들 죽은 소의 혀처럼 골목을 지나는 사람들에게 질문을 던지지 내가 너를 실망시켰니 너를 실망시켰니

나는 붙들어도 괜찮아 식물적 광란으로 바위를 움켜쥐고 부서뜨리는 거야 춤을 회복하는 거야 잎을 벗고 하늘 끝까지 올라가면 너는, 별에 붙어 구르는 가루일 뿐이지

꽃들이 부서져 날리는 봄이야 사람들은 허공을 자르기 위해 창문을 만들었다 네 속의 활자들을 중력이 가다듬어 준 것처럼 비명은 위에서 아래로 흘러내리지

나는 종종 식물들에게 듣는다 몸속에 관이 들어 있는 기분은 어떠니 물을 빨아들이는 나무 속의 짐승, 뿌리 속의 턱뼈, 내 사랑니 속의 승냥이들은 아직 살아 있는지

방 안에 남아 있는 너의 가지들을 연결할 수는 없겠지 안녕과 악령을 같이 발음한다 도끼로 몸속을 저며 종이를 만들어 볼까, 수피

수의 바다

창밖에 거꾸로 나무가 자란다
여기는 지하인데 창문과 더 아래로 내려가는 계단이
있다
순, 가지 끝에 어린 냄새를 맡았던 밤이었다
밤에 섞여 있던 아이들이 웃었다
나뭇가지가 잠시 흔들렸다
좋은 일이다
아이들이 다시 웃었다
좋은 일이다
이후의 아이들이 운다 내내
방풍림을 만들면서
창문 밖으로 아스팔트가 흘러내리고 있다

밀물이라는 비밀을 창문이 삼키고 있다
내장도 없으면서
창문은 약속이니까
깨지지 말자
혈액이 피부 바깥에서 순환하고 있다면
우리는 많은 거짓말을 이해할 수 있었을까
안쪽에서 창문을 두드려야 하는 일이 일어나지 않도록

넘어가지 말자
창문 앞에 서면 누구나 상반신이 된다
반만 남은 사람이 하염없이 창밖을 바라보는 것은
하반신을 기다리는 일
여기 있는지도 모르고
선 채로 나무가 될 수 있다
공기를
만들 수 있을 거라고

밤새도록 새들이 새순을 따 먹고 사라지면
순, 아침에 남겨진 아이들은 더욱 날카로워진다

검은 비닐봉지에 본드를 짜 넣었지 우리는 형제야 가
족이야 내장처럼 뜨겁게 구겨진 채로 방을 채워 나갔지
모든 것이 숫자로 환산될 수 있다니 멋지지 않니 공기 중
에 사람이 있다니 뜨겁거나 차갑게 가족이 유지되는 시간

밤이 자라는 광경을 본 적 있다
폐유가 끈적하게 사방에 달라붙는 거
그릇된 사람은 그런 걸 볼 수 있다

나무가 자라지 않도록 허공에 길을 눌러 담으면서
종이에 숫자들을 기입하면서

8

태풍의 눈[雪]을 기다린다
거대한 것은 모두 신이라 부를 수 있는가
입속의 겨자씨가 불어난다
이것은 수음으로 잉태한 나의 역사이다

B

　그런데 침대 위에서 비가 내리고 있었다 나는 새로 태어났다 알 수 없는 일들이 일어난다 비밀의 막은 투명하다 비가 올 때는 별들이 쉬고 있다 별들이 날 때는 비가 그친다 이것은 구름을 번역하다 생긴 나머지 값 비가시적 상상력 장미와 장마는 밀월 관계다 B를 공유한다

　벌레를 한사코 벌래라고 적던 남자를 알고 있다 우리는 침대 위에서 부리를 비비며 그를 비웃었지만 우리의 비밀이 罪來 같았다는 말은 하지 않았다 침대는 죄 많은 사람을 태우고 떠오른다 목매단 사람들이 소리를 지르며 악보를 완성한다

　영혼의 벗은 몸이지
　인간의 참다운 비행은 아무것도 하지 않는 것
　영혼을 벗은 몸이지

　나는 버터를 볶아 루를 만들었다 이것은 구름을 재현하는 사고실험 가시라고 했더니 혀 밑에 장미가 가득 피었다 아궁이 속의 소년들이 울면서 루를 태웠고 밤이 부엌에서부터 왔다

벌들은 주위를 맴돌며 날개를 비빈다
퍼즐, 퍼즐 즐거운 미로

카세트테이프의 뒷면에는 벌이거나 비이거나 벼랑 위
의 보풀 비난이거나 비참한 전생의 부레, 부패한 보름달과
검은 불에 익힌 빵이 들어 있다 노래를 듣는 동안은 B를
피할 길이 없다 불 안에서 불안 참기 나는 이 노래를 태우
고 있으니 무섭지 않다 입속에 벌을 한가득 물고

부유한 배교자들 뒤로
사교적인 사제들
버드나무 속에는 버드 버드
그러나 그러나
비가 그치면
유리병처럼 햇빛이 떨어지고
무지개를 발음하기 위해 피는 더 붉어진다

R

이름이 줄어드는 것은 어떤 기분일까 마개를 뽑은 욕조의 표면처럼 말려들어 가는 단단한 무늬 R에서 태어난 에스토니아식 장미 빈 의자가 길 위에 앉아 있다 입안에서 넘어지는 혀 둥그렇고 어두워지는 초침의 리듬 사람들은 모두 한 계절쯤은 의자로 지낸다 엉덩이의 부드러운 지옥 의자 밑에 포개진 가장 아래의 의자 끝자락 혹은 서로가 입속에 잘라 두고 온 꼬리말이 있다 의자는 몸 안의 어둠을 켜고 사방에 못을 박아 둔 방으로 돌아간다 눈을 감고 옷을 벗어 걸어 놓는다 의자는 책장과 찬장 사이를 서성거린다 익사한 그릇들을 가만히 건져 내 엎어 놓는다

창문은 모서리를 갈무리한다 주인이 집을 나갔을 동안의 풍경들을 곱씹으며 타인의 발바닥을 잠시 들어 올릴 수 있었던 직각의 기억 R의 껍질은 단단하다

달빛의 첫 장을 받아 적은 유리창을 바라보며 의자는 잠시 깜빡거린다 어두워진 길은 녹아 버렸다 눈을 감고 혀 밑에 끓고 있는 이름을 발음한다 소리는 천천히 안에서 밖으로 들어온다 문이 열린 만큼 어둠이 잘려 나가고 후진하듯 빛은 뾰족하게 어둠을 밀어낸다 R의 끝은 균열이다 문득 다시 불을 켜면 눈앞이 환하게 어둡다 눈을 감으면 자로 잴 수 있을 것 같은 어둠이 창가에 놓인다

E

어둠에 부풀어 오른 창문이 있다 아픈 사람들은 어째서 같은 표정을 지을까 그믐에 창밖으로 손을 뻗으면 잡히는 검정색 막대가 있다 어둠이 깊게 어린 날 나는 크레파스를 선물 받았다 이것은 훗날 내가 만날 공포의 종류들 많은 사람이 눈감고 있는 동안에 내가 태어났다 자라는 것들은 모두 한밤중에 일어난다 암흑 속에서 빈 약병을 쥐고 흔들면 달그락거리는 검정색 환약 E는 어둠 속에서 내가 쓰는 뚱뚱한 글씨다 필요하면 언제든지 사용하겠다

믿음을 가져야 해 이 세계의 믿음을 모두 다 파괴할 수 있다는 믿음

이상한 말을 하면 안심이 된다 가령 내 발화에 얼어붙던 사람에 대해서 불을 끄고 한밤중에 어두운 표정을 짓는 사람 그것을 공중에 옮겨 그리던 내 검정 막대기 나의 체온을 덜어 내 주던 어두운 공기 손을 뻗으면 내 미지에 걸려 있던 미지의 표정이 꿈틀거린다 내 얼굴은 냉동된 생선을 담고 있다 얼음으로 사람을 죽일 수 있다는 말을 기억한다 한밤중 냉장고 앞에서 서성거리던 성마른 메아리들 무얼 좀 먹도록 해 네가 너에게서 넘치지 않도록 너의 범위

를 늘려야만 해 냉장고의 몸속은 빛으로 가득 차 있다 너
는 괴물이고 빛은 허기다

E

천정이 감은 눈에 달라붙었다
눈을 뜨면 별들이 무너지는 소리가 들린다
이상한 날이야,
내 눈꺼풀을 도려낸 것은
아침이라 불렸다
내가 지면 누군가 이긴다라고 쓰인
수첩을 가지고 있다 E처럼
행간은 겨울에 발명되었을 것이다
바닥으로 E가 별빛처럼 쏟아지고 있다
꿈속에서 흘린 정액이 구름이 되는 것을 보았다
그것을 쥐고 흔드는 신이 있다
말없이 백묵의 궤적을 바라보았다
녹음의 거대한 칠판이 온통 흰색이 되는 동안
그는 입을 다문 채 자신의 머리를 백묵으로 칠했다
白視는 아침의 속성이다
제가 가진 어둠을 바깥으로 토해 놓았다
죽어 가면서 몸으로 편지가 되었다
배를 가르자 이런 문장이 적혀 있었다
우리의 삶이 모순이라면 나는 방패가 되겠다
이길 때까지 지겠다

E는 조금 부서진 방패였다

주사위 전문점 팔아다이스

1

돌을 비벼 만든 끈
그것이 하염없이 마음의 비탈을 굴러가고 있는 것이다
하나
아무리 굴러떨어져도
하나

2

입방체는 아름다워요 모든 방향으로 넘어질 준비가 된
모서리가 자꾸 연애를 걸었다 유리와 거울의 태생이 같다
는 것은 참을 수 없는 일이다

3

당신은 자몽을 먹다가 웃었다
모든 열매들은 시간을 통과하기 위해 씨앗으로 숨는다
나는 당신이 버린 과일 껍질들을 갈무리해 두었고
세 사람은 서로를 외롭게 하기에는 완벽한 구도라는 것

을 알았다

4

우리가 사각 테이블 위에서 주사위를 던지는 동안
화단에 심어 둔 두 켤레의 구두가 자라고 있다
오직 공중에서만 평화를 얻는 언어들은 새들은
도착하는 순간 스스로부터 무너뜨렸다
확률이라니,
망할

5

눈을 감고 눈을 뭉쳐 서로에게 던진다
눈은 오직 주사위 속에서만 정렬되어 내린다
냉음료를 마신 남자가 각얼음을 뱉고 있다
여자는 그것을 이해하고 있었다
절정이라는 말을 봄에 사용할 때는
손질에 주의해야 한다 제철이 아닌 재료를 다룰 때처럼

6

당신은 눈보라를 헤치며 걷고 있다
가장 긴 말줄임표를 발목에 달고
북쪽으로 걸어가고 있었다
눈의 눈보라를 달고

P

　어렸을 때 나는 냉장고보다 큰 사람이 되고 싶었다 내가 자랐을 때 가족들은 더 큰 냉장고를 사들였다 대체 불만이 뭡니까 어른이 되면 저기에 죽은 돼지를 가득 채우겠어요 넌 악마야 악마는 아니라고 했지만 엄마는 맞다고 했다 머릿속에 숨어 있는 흑색 위로, P

　방에 돌아와 호흡을 닫았다 텅 빈 방에서 장롱의 혈액은 무엇일까를 고민하며, 껍질과 껍데기의 사이에서 길을 잃곤 한다 나는 가족과 떨어질 수 있는 P 지금 나를 벗어 놓은 것은 누구인가 찬장이 덜컹거린다 거기 누가 있나요 여기 있나요 어렵게 밤을 켜 두었는데 검정이 보이는 게 싫다 노래를 부르니 검은 양들이 이마까지 전진한다 어둠 속에서 라면을 끓이면 안전해지는 기분 가련한 양아치야 목양견은 대체 무엇을 위해 어둠 속에서 앞발을 흔드는 걸까

　벽 안쪽에서 흐르는 소리가 들린다
　애견이 당신을 사랑하는 방식
　P가 작동하는 동안은
　불 꺼진 방에서도 흙으로 빚은 가구가 마를 수 있다
　창밖에서만 자라는 꽃, 침을 뱉으며 웃자라는 골목의 아이들을 바늘로 찌른다 아이들은 노래를 부르며 방으로

들어와 나를 꼭 껴안아 주었다

　　당신은 고칠 수 없어요 고장 난 게 아닙니다
　　당밀처럼 얼굴에 흘러내리는 검정
　　可視로 나를 찌르는 뚱뚱한 공기 P

　　눈꺼풀 안쪽으로 별이 태어나고 죽는 것을 바라보며
　　가장 즐거운 탈선은 단 한 가지 종교로 평생을 버티기
로 기원한 것
　　영혼이 부서졌을 때 무엇으로 바닥을 훔치겠니
　　P가 잊힌 책갈피처럼 얌전히 이불 속으로 닫혀 주겠니
　　아교처럼 쓸모 있는 안개가 일어나길 빌며

　　밤마다 나는 방 속에서 외출하지 창을 넘어
　　부모라는 이름의 곤충을 채집하는 P
　　날씨를 적는 칸이 너무 작다
　　이를테면, 날씨는
　　아침에 일어나니 P가 끈끈했다 꿈속에 안경을 놓고 나
왔다 애완용 파리지옥이 잎을 벌렸다 식탁에 접시가 모두
뒤집혀 있었다 그래서 오늘은 맑음

집 밖으로 나갈 때는 모자를 벗어라 아빠의 고장 난 모자 때문에 내가 태어났다면서 무엇 때문에 모자를 벗으라는 걸까요 나는 모자를 벽에 걸어 두고 나온 P 집 밖에 나가면 혈액이 모자라 자꾸 넘어지는 것입니다 얼굴에 밤이 오는 것입니다

움직이는 밤의 해설을 적는다 무독성 크레파스로 그린 검은색 크레바스, 내 두 눈을 다정하게 덮어 줄 검정 비닐 P

엑토플라즘

　커튼이 닫혔다 목을 내밀고 있던 우리의 아이들은 모두 풍경에 목이 잘렸다 산 사람들이 시장에서 물건을 들고 돌아오는 것을 구경하면서 구르는 아이들의 머리통이 노래를 부른다 가난이 죽여줬어요 우리는 취한 자들이 흘리는 타액 귀신들이 흘린 안개의 부산물 집에서 가장 낡은 수건의 솔기 죽은 새가 지르는 마지막 울음이 걸린 전깃줄 구멍 난 양말의 나머지 멀쩡한 반쪽이 버려지는 것처럼 이것이 진짜로 가짜냐고 묻지 그러다 보면
　어떤 사람은 흘리는 눈물도 가짜가 된다

　한 사람과 약속을 했다
　귀신이 되어 돌아온다면
　귀신의 증거를 보여 주자
　영매의 입을 빌려서라도 묻기로 했다
　그때 우리가 못 본 영화 제목이 뭐였지요

　내가 아는 누군가는 눈앞에 있는데도 항상 없었다
　마음속의 괴물을 꼬이는 데는 진리만 한 미끼가 없다
　죽었어도 흘릴 수 있는 게 있다는 것은 위안이 된다
　지하실에서 올라오는 나선형의 냄새가 우리를 쓰다듬

어 준다 우리는 나사처럼 제자리를 돌고 돌아 땅속으로
들어가겠지
　　저 밑에 내가 있지만
　　우리는 死地에 갇힌 몸
　　나는 머리 없는 아이들과 노래를 부른다
　　우리는 입이 없어서 먹여 주지 않아도 돼요
　　진짜 귀신들의 가짜 눈물을 대신 흘려 주며
　　귀신이 왜 피를 흘려요 피는 산 사람들이 흘려야지

　　이미 죽었으니 이제는 마음 편히 살아도 되겠다
　　내 빈 영혼은 주머니가 너무 많아서 무겁다
　　죽어서 시작하면 죽음이 시작이다
　　눈에 보이지 않는 것은 모두 가짜라고 했잖아요
　　표현하지 않으면 없는 것이라고도 했잖아요

　　나는 죽었는데
　　나 대신 나를 살아 줄 사람을 찾아
　　내가 죽을 때까지 죽은 우리 아이들을 보듬으며
　　나는 나를 살려 두고 있었다
　　내가 나의 인형이 되는 동안 나를 살려 두고 있었다

나의 크샤트리아

　안전모를 쓰고 안전화를 신는다 이미 안전한 사람은 전선에 나오지 않는다 못, 전쟁터에 널려 있는 부정의 부사들; 이토록 치열한 전생은 옷을 갈아입으면서 보인다 못을 밟은 듯 윗니에 굴복한 아랫니 먼지는 왜 옷에 앉으려 하는가 어떤 연장으로도 채워지지 않는 단추를 가진 집에는 비명을 지르는 세탁기, 어머니, 이불 속에서 회전하는 아버지

　　쥐의 시체로 쌓아 올린 굴에서의 일생
　　빨아도 빨아도 시체는 시체
　　연금술이 사라지는 짧은 잠
　　전쟁은 바깥이 더 위험하다
　　전사를 멈춘 남자는 쓸모가 없다

　가정에는 거대한 못이 자라고 있다 거실을 채우는 석회질 구름과 못이 게워 내는 물을 닦으려 꿇던 녹슨 무릎이 있다 연금으로 끓여 낸 묽은 죽이 식어 가고 있다

　젖은 빨래를 넌다 남자는 戰史를 멈춘 지 오래 붉은 옷 한 벌이 흰옷을 모두 물들였다 흰옷이 검은 옷을 모두 물

들일 수 있었다면 전쟁에 나가지 않았다

구름은
계층에서 발생한다
세탁기 속에서 비명을 지르는
이불처럼
타오르는
전쟁도 없이 가난한
바람을 부축하는 불구의 몸

13

시선을 타고 기어오르는 검은 뱀들이 있다
눈알 표면에서 꿈틀거리는 기호를 믿거나 믿지 말아야 한다
활자는 교활하다 흔들리고 있다

0

―蛇傳 0

사람을 무엇으로 사는가

우리는 언제나 지각했다 직장에 도착하면 똥이 될 뿐이 었지만 착한 사람이 되기 위해 구인을 거절할 수 없다 날 씨는 우리를 지각했다 바퀴는 회전한다; 輪廻 인도에서 신 발 끈을 묶고 달릴 준비를 한다 신호가 바뀌고 우리는 달 렸다 전동 휠체어가 가속하고 있다 Karma가 추월할 것이 다 우리는 몰지각했다 전생이 먼저다 일을 하기 위해 갈고 닦은 학문이 힘을 잃었다 직장에 도착하면 똥보다 못한 상 사가 우리를 직장 밖으로 내몰 것이다 우리를 벗어난 개처 럼, 우리는 굴러다니며 인도주의를 사랑해야 한다

추악한 것은 날개가 있다

우리는 짐승을 가둔다 통장에 0을 쌓기 위하여 空을 기 다린다 우리는 공기를 폐에 가둔다 삶은 언제나 먼저 일 어나 버렸고 불을 찾는 나방들이 머릿속에서 0과 1을 반 복하며 날아다닌다 알을 낳는다 알 속에서 나무가 기립한 다 붉은 열매를 맺는다 피톨들이 몸을 회전한다 몸은 모 래시계다 둥글어지기 위해 몸을 굴려야 한다 우리는 알을 낳고 깨고 먹는다 回, 세상은 우리를 가둔다 세상은 거대 한 우리였다 돌고 돌아 제 회음을 물어뜯는 거대한 用; 화

폐가 발생하였다

망국의 노동자여 간결하라

누구도 듣지 않는다 짐승이 없다면 우리는 필요하지 않다 그러므로 세계의 심장은 짐승이었다 回, 허기를 가두는 짐승들아 이곳은 약초와 독초의 별 절반의 확률로 약초가 독초를 먹는 별 달리 마음 둘 곳 없는 별 열어 보면 안 되는 별로 외롭지 않거나 춤추는 짐승의 별 다 같이 灰, 시간제로 태어난 주제에 서로를 잡아먹기 위해 달려가는 별 거지 같은 태어나 버린 죄 우리는 우리의 벗들을 벗을 수 없다, 짐승들아

달마가 돈 쪽으로 간 까닭은

용불용설, 이제 사람은 죽어서 집을 남긴다 집은 괴물이다 허기진 집을 본 적이 있는가 사막에 버려진 해골 같은 폐가를 본 적이 있는가 자력갱생하는 극빈의 집 너를 열면 허기가 보인다 밤은 또 빈집을 실컷 두들기고 Beam이 비명을 지를 때 그것을 우리는 귀신이라고 부르기도 한다 꼬박꼬박 월세를 받는 집들아 괴물들아 쏲은 오십니까 언제 쏲公은 오십니까 달이 한 번 죽을 때마다 적립되

는 월급들, 孔들아 이론적으로 그것은 돌아오게 되어 있다 집을 메고 다니는 달-팽이들아 회전하는 악마의 대리자인 천사들아 부채들아 세상은 돌았다

악의가 타고 있어요

신은 그저 조금 재미있는 퍼즐1 뿐 신을 비난하기 전에는 배부터 채울 것, 밀폐 용기에서 통조림을 꺼내고 통조림에서 구두를 꺼내 신었다 이것이 바로 신이다 신은 발을 먹는다 9원은 없다 1원론도 없다 있다면 그건 10원이다 지금 막 하늘로 던져진 회전하는 동전; 달

누구를 위하여 돈을 올리나

우리에게 0 아니면 1을 달라 허기를 이기려면 쌓을 數밖에 없다 있다 없다 사채 좀 굴려 본 사람은 안다 시시포스가 굴려 올리던 돈은 사실 0과 1이었음을 태초부터 빚이 있었다 신의 증거를 찾는다면 나를 보라 내 생이 곧 증거다 나를 벌하라 신아 너희는 나를 통해 해답을 보게 될지니 신이 있다면 나를 낳은 것은 신이다 나는 비난을 위해 태어났다 인도주의적으로

망쳐야 비로소 보이는 것들

인력소개소 이름을 보았다 개미인력이라니 나는 개미보다 작아졌다 무거운 짐을 들어야 했다 아시나요 돌잡이 때부터 우리의 손에 허공이 쥐어져 있었다는 사실을 몸이라는 모래시계에 갇혔다는 것을 중력이 온 힘을 다해 우리를 잡아끌어 바닥에 밀착시켰기 때문에 우리는 신을 발병했다는 것을 사원에 입장하려면 신을 벗어야 한다 너무 많은 신 때문에 회전하는 바퀴들 때문에

받아쓰기

— 蛇傳 1

1. 인간의 살상력은 무한하다
2. 모두에 대한 모두의 투정 상태
3. 미래는 앓을 수 없다
4. 다윈과 골리앗
5. 이 죄 가면 원죄 오나
6. 개들은 빠루에 죽는다
7. 피할 수 없으면 질겨라
8. 내 이름은 발광
9. 이상한 나라의 엘리트
10. 우리들의 일부러 진 영웅

그러나 단지 이미지는 게임일 뿐 우리에겐 장외가 있어요 아버지는 죄를 꼬아 새끼들을 만들었죠 죄는 죄다 죄다 어머니는 말없이 언어를 굽고 환자와 노른자를 분리해 내밀었어요 미음을 데워 식탁에 올렸어요 음……마, 으…… 엄……마…… 결국 태어나 버렸죠 이것은 하나의 가정이죠 나는 이유식을 풀고 가장은 기침을 하신 후 가장 크고 붉은 노른자를 삼키고 아직 어두운 거리로 나갈 분 畜生 日, 거리는 未譯國을 엎지른 듯 미끄러웠어요 신을 구겨 신고 달릴 뿐

학교에서는 계속 맞기만 했죠 바지에서 습자지를 꺼내 지도를 베낀 것뿐 교실에서는 매가 날아다닐 뿐 교무실에서 촌지 난사가 일어난 후 가난한 아이들은 무서운 비둘기처럼 얌전히 복도를 걸었지만, 선생님이 구두로 정강이에 경고를 내렸죠 畜生― 다리 달린 뱀처럼 헐겁게 바닥에 밀착했죠 그때 신은 발끝에서 떨고 있었을 분

우린 다 털렸어요 먼지 가세요 받아쓰기를 다 틀린 죄로 바닥을 쓸어야 했죠 前過를 펴고 숙제와 속죄를 번갈아 하면서 자꾸 誤記가 생깁니다 罪途합니다 대지가 우물에 빠진 날, 지구라는 배는 멀미가 심하군요 지옥을 믿는다면 이burn 생은 연습장일 뿐 어서 오(우)세요 간신히 살아남은 活자들아 우리들의 사전에서 해는 지네 구름을 신은 저 붉은(환) 발들 검은 뱀들의 봄밤

TV를 켜면 엘리트 프로 레슬러가 무대 위에서 머리를 흔들고 있었죠 로프 반동, 머리카락 사이에서 리듬이 눈처럼 쏟아졌어요 저는 죽는 줄만 알았죠 치익…… 옥상에 올라가 안테나를, 더듬었죠 이 병이 빛나는 밤에 활강하는

별의 냄새들 검은 비행기들 …치익……美안해요……우린
틀렸어요 다 틀리기를 企圖하는 수밖에…분분히 떨고 있
는 視界들… 없었어…… 치익…아무도 맞지 않도록……
무도 美치지 않도록 반성문을 가정적으로…… 그러나 단
지 이미지는 게임일 뿐……

편지
—蛇傳 2

비 오는 날의 수캐와

바다를 보여 주시겠다더니 어찌하여 바닥을 보이시는
지 틀리기, 비틀리기, 트위스트를 춰 봐요 나는 왜 당신과
몸을 온전히 겹칠 수 없을까요

나는 당신의 말을 먹고 당신은 나를 먹고 그런 걸 사냥
이라 부르던가요 상황에 맞는 정확한 오해로 사랑을 만들
어 봐요 몸을 섞어요 말없이, 아무도 없게 사랑만을 위하
여 갈대까지 가 봅시다 제기랄, 猾子를 죽이고 싶어요 개
같은 혀를 다 뽑아 버리고 싶어요 지렁이들 뱀들을 검은
풀들을……사랑해요

몸을 접고 또 접을 수 있다면 귀신이 될 수 있다는데 꿈
은 나를 뱉어 내고 아침마다 나를 게우는 햇살과 함께 새
[鳥]로 만든 음식을 끓여요 쇠로 만든 음식을, 더러운 날
에 이 不吉 앞에서 삶은, 고기는 국물을 흘립니다 이것을
다 마시고 부력으로 어지자지가 될래요 나는 나를 사랑하
고 나는 또 나를 먹고

너무 아픈 사람은 사람이 아니었음을

나의 사랑스러운 두억시니, 초원을 접어 편지를 보낼
때 우기까지 추신하는 버릇은 버리셨으면 합니다 보내 주

신 머리칼과 뱀들은 잘 받았습니다 허물은 탓하지 않겠습니다만 편지를 접어도 사라지지 않는 구름들 머리를 두드리는 말발굽들 양 떼도 없이 목양견들만 가득한 늙은 방은 어쩌실 건지요 築生, 내 안에 죽은 짐승들만 쌓여 가도 아무도 열어 보지 않네요 이제 구름의 시체를 주름이라 바꿔 읽어야 할까요 기어코 이 땅에 발목을 묻고 복사꽃을 피우고 말겠어요 짐승들의 가죽을 벗겨 스스로 우는 BOOK을 만들겠어요 짖는 북을 만들겠어요

추한 말들의 시간

당신과 나에게서 최초의 말이 태어났을 때를 기억하시는지 입으로 끓여 내던 모음들, 입 밖으로 뱉는 바람은 날카로워진다 말을 기다리는 사람들이 늙고 죽어 초원에 뉘어졌을 때 서서히 녹아 가던 뼛가루들이 구름의 씨앗이라는 건 아셨던지

마침내 한마디의 말이 혀 차는 소리와 함께 뛰쳐나가 십 리를 달려갔다 초원을 넘어 한 쌍의 鬼로 빨려 들어갔을 때 비로소 구름이 울먹거리던 것을 보셨는지

재갈을 만들던 사람이 있어 말이 달려 나가는 것을 다스렸다 제자리에서 구르던 말발굽 소리에 놀라 뱀들이 몸

을 구부리고 말았다 그러한 것들을 편지라 부르기로 했다
는 것은 잊으셨는지

음악
—蛇傳 3

　오므린 입술이 단정한 입방체를 뱉어 댄다 사랑니 죽었
니 잇몸에서 흘러나오던 피를 핥으며 비명을 질렀죠 규칙
적인 소음은 노래로 변질되기 시작했어요 계단처럼 짓밟
히며 옥탑으로 한 옥타브 더,

　수드라, 저는 수학 시간이 싫었어요 마음껏 비명을 지
르고 악귀들이 나를 연주할 때 비로소 신이 보입니다

　가릉빈가, 나는 아버지와 가래 뱉는 소리가 닮았어요
아비를 부정하는 것을 포기했죠 양말 구멍만으로도 모두
빠져나가고 마는 그런 마음일 뿐이었죠

　간다르바, 분필을 삼키며 가난한 아이들이 더 가난한
아이의 머리통을 연주하는 다정하고 다정한 야차의 시간
에서 화성을 생각합니다 커다란 음악이 골을 울립니다 우
리 별이 쏟아지는 궤변으로 가요

　헌 법 줄게 밥 좀 다오
　헌 지구 줄게 새 지구 다오

　병신들의 돌림노래는 책상에 깔린다 목젖이 아름다운
음치는 손가락으로 아이들의 갈비뼈를 두드리고 있었죠
골 때린다고 하나요 거꾸로 매달린 새들의 기도를 움켜쥐

고 소리를 짜내며 창문 너머에서 풍경이 넘어지는 것을 보았죠 진하게 배어 나오는 핏물의 강을요 과연 두꺼비란 위대한 존재인 걸까요 빌어도 되는 걸까요 빌어먹을 생을, 헌신 줄게 배신 다오

　음악들, 노래하기 위해선 고양이 필요해요 계이름은 필요 없다고요 마음속의 악귀를 연주할 수 있는 건 자기 자신뿐 汚線紙에 선생님을 목매달아 그려 넣었죠 미치기 시작하는 음악들 선생님은 고대의 악기로 학생을 때렸고 비명이 울려 퍼졌죠 그때 시간은 아홉 시 구십구 분, 세 명의 악귀가 목매달아 죽은 시간 주머니에서는 싸구려 음표만 짤랑거리고 우리가 아름다운 노래를 부르지 못한 것은 그것 때문이라고만 믿었죠 나의 아름다운 음계
　B.I.N.G.O.N 빈곤은 개 이름

사랑

―蛇傳 4

내게로 와요

가지고 있는 것도 갖고 싶다고 말해 사랑은 잔돈이야
남거나 부족하지 엿도 못 바꿔먹는 것 누가 하늘에 눈물
을 끌러 놓았나 떨어지는 것들을 바라보아야 하는 직업을
가진 사람들이 있다

그는 어둠이야 떨어지지 않는 노란 뜬공 영원히 기다리
는 어두운 글러브야 그는 은하를 사랑한 양치기야 나이 차
가 죄가 된다는 것도 몰랐던 순진한 양치기야 그는 목양견
이야 이리를 물었는데 그게 신이었대 그게 사랑이었대 지
붕도 없는 집에 아이들을 유폐한 무능한 자식 단 세 방울
의 눈물로도 잉태시키는 유능한 자식

집에 가든 학교에 가든 배움은 끝이 없지 바벨의 언어
를 들었다 놓았다 머릿속엔 근육만 차는 기분

내 개로 와요

교정을 거닐면 횡격막이 남극까지 떨어지곤 해 엎드린
말들이 있다 언어를 말에 비유하는 것은 지루해 하지만
엎드려 말하며 짖는 자는 사랑에 빠진 자들뿐이야 말없이
말이 필요한 승마술을 연마하면서 혀를 내민 개가 된다

이 양도 박 양도 어둠과 양치기와 목양견이 무서워서

떨고 있어 딸꾹질을 하며 입안 가득 풀을 씹으며 견뎌야 할 추위

인간의 식탁에서 부영양화가 발견될 때 우리는 계급과 비럭질이 인류 공통의 표정에서 비롯된다는 것을 발견하지 그런 게 엎드리는 사랑이지

죽은 이리는 죽은 사내를 먹지 않는다
죽은 사내는 죽은 이리를 돌보지 않는다

네, 괴로워요
이렇게 정의하면 될까
사전을 펼치고 너는 가만히 뱀 두 마리를 꺼냈지
뱀이 너를 꽉 물면 울어야 해
이게 死狼이야
지렁이들
지렁이 같은 글자들
뱀이야, 死郎이야
세상의 모든 이리에 대한 단 하나의 질문

그러나

손쉽게 나를 위로했던 죽은

손끝 같은 것

사랑은 끝내 영원을 치료하고 만다

살아남은 나는 모든 말들의 어미가 되어 버려진 것들
을 사랑하겠다

마리네이드
―蛇傳 5

　주문을 기다리는 마녀는 아침마다 기록적으로 늙어 가
후추를 뿌려 줄게 생선 가시로 그림을 그려 줄게 접시 위
에서 가득 채워 줄게 입속에 불꽃놀이를 넣어 줄게 사랑
스러운 妖邪야 배 속에 송어를 재워 줄게 짚으로 만들어
서 미안해 나의 인형들아

　식당엔 아무도 없는데 주문이 들어온다
　나를 마녀라고 불러 줄,
　수염 난 아이들에게 살을 줘야지 찬장을 열었을 때 올
리브유가 쏟아졌다 웃으며 손목을 열고 장미를 조금 꺼낼
거야 왜 움직이니 마음껏 사랑할 수가 없구나 노래를 부
를 거야 산을 드는 도깨비 魖 집을 홀리는 도깨비 魅 망각
의 도깨비 魍 많고도 많은 도깨비 魖, 집으로 만든 인형이
사람을 먹었네 이 숲을 다 끓여 줄게 입을 벌려 보렴 귀신
이 들리는구나 귀에 소금을 부어 줄게

　죽이고 나서 먹는
　식사는 사랑이야
　죽이는 식사야
　마녀는 이제 알았네

마녀의 사랑은 혼자를 다정하게 환자로 만들어 줄 거야 다만 그뿐이라 쓸 거야 설탕을 더 넣는다 맛없어, 맛은 왜 넣을수록 없어지는 걸까 마녀의 일기는 입에 쓸 거야 왜 너의 설탕은 내일 뜨거운 소금이 될까

외로움이 혼자 달리다 머리통이 깨지면 그게 괴로움이 되는 거야 둘은 다르지만 닮았다고 쓸 거야 달 속의 게와 토끼처럼 로르샤흐 검사지일 뿐이야 검은 들개야 너는 구멍 난 식탁보의 얼룩을 핥는 거니 솥으로 갈래 밤이 될 거야 감탕이 될 거야 빛을 참아 낼 거야 다 粥일거야 모두 마녀를 올라탈 거야 태울 거야 재 없는 禁요일이 될 거야

화형인지 환영인지
마녀의 눈을 줄게
이 뱀들의 점괘를 읽어 봐
물은 셀프, 불은 헬프
이건 주문이야
손 없는 날에 불이 나면
누구의 피로 불을 적시나

불은 헬프, 물은 셀프

마녀는 헐벗을 거야 침대 위에서건 화형대 위에서건 모음으로만 대화하면 된 밤이 될 거야 아아아 뜨거운 마녀가 될 거야

바나나

—蛇傳 6

바라나시 바나나

나 인도에서 머물 때 갠지스 강물에 혀를 담그고 전생의 발음을 연습했죠 바라나시 바나나는 훌륭한 지사제입니다 설사 멈추고 싶다 해도 생은 계속 터질 테지만 사제들이 계속 태어날 테니 안심하세요 화장터 앞에서 바나나를 먹어 보았나요 시체들은 눈앞을 지나 불길에 휩싸입니다 살이 녹아내리고 드러나는 흰 뼈 바나나는 엄숙하게 벗겨지며 말합니다; 육체는 껍질에 불과하다 영혼이 빠져나갈 것 같은 설사를 멈추고 싶습니다

바라 나 시바나 나

시바 신은 좆같습니다 태초에 무언가 좆같은 게 세계의 중심에서 튀어나왔고 마음껏 파괴를 행하고 나서야 새로운 창조가 일어날 수 있었죠 세계는 시작부터 좆같았습니다 식탁이 날아오르고 가정이 무너지고 국가가 국민을 겁간할 때도 시바 신은 모두와 함께 있습니다 시바 좆같네 하면서요 애인에게 바나나의 기원에 대해서 이렇게 설명해 보았지만 좆같은 새끼라는 대답만 들었습니다

바라 나 시 바라 나

내 머릿속에는 술집이 하나 있습니다 Bar 나나 원숭이들이 바나나를 쥐고 난동을 부리는 곳 나나는 술을 따라주며 말합니다 나나 Bar! 나 나빠!

술집의 창문을 깨트리고 도망갈 때 뒤편에서 들려오던 외침을 기억합니다 좆같은 시팔놈아 그때부터 열심히 시를 썼지만 좆같은 시팔놈이 되기는 어렵습니다 시들었네 어느 날 어머니는 식탁에 놓인 바나나를 보고 말했죠 시가 뭐라고 그런 곳에까지 깃들까요 시든 바나나, 좆같은 바나나를 쥐고 흔들어 봅니다 시든 바나나를 바라봅니다 애인한테 전화로 바다나 보러 갈래 하고 물어보아야겠습니다

바나나 시 바 나나

뇌 주름처럼 구부러진 해변도로 끝에 바나나 市의 Bar 나나가 있습니다 신들이 지쳤을 때 욕설을 지껄이며 찾아오는 곳 인간이 싫어져 찾아온 신들은 얼빠진 원숭이 같습니다 바나나를 쥐고 테이블을 두드립니다 멍든 바나나를 바깥으로 던지면 지상의 사제들이 신음합니다 우리는 어디서 멍든지 모르는 몸을 더듬거리며 서로에게 묻습니다 바나나 먹을래 까맣게 된 부분은 상한 게 아니래 이건 설탕이 뭉친 점이야 슈가 포인트라고 해 Bar 나나의 창밖

86

은 바나나로 가득합니다

일요일
—蛇傳 7

천치창조
여기 선지자의 메모가 있다

① 야간의 주간화
② 휴일의 평일화
③ 가정의 초토화
※ 라면의 상식화

기도합시다 R'Amen 모든 사람이 이러한 평등을 겪는 그날까지

라면의 화자
벌을 받는다면 신 앞에서 받겠다 재미없는 농담에 대한 벌만을 면은 꼬여 있다 모든 麵은 가까이에서 보면 꼬여 있지만 멀리서 보면 善이다 얼굴이 꼬여 있지 않은 사람을 보면 기분이 꼬인다 당신은 왜 꼬여 있지 않습니까 벌겋게 남은 국물 같다 나는 쉽게 끓어오르고 사람의 배 속으로 사라진다

저 화상

배를 가르고 나온 애비는 흰 종이였다

수술이 끝나도 깨어날 줄을 몰랐다

아버지가 누운 침대가 자라고 있다 적출된 간의 이야
기를 듣고 나의 나머지가 이제야 태어난 것을 알았다 모
든 일에 프로가 되라고 하셨지요 나의 장래 희망은 프로
크루스테스입니다 남은 평생 라면을 먹여 주고 싶은 사람
이 있습니다

짜파게티 요리사는 이렇게 말했다

라면은 요리가 아닙니다 불 앞에 선 나는 요리사가 아
닙니다만 무엇인가를 끓이고 있습니다 이것은 시가 아닙
니다 시는 죽었다 누군가 말했다 누구나 쉽게 이해할 수
있는 것이 좋은 시 아닙니까 나는 이해라는 말이 웃깁니
다 이해라는 말을 이해하는 사람이 세상에 있습니까 사람
에게는 자유롭지 않을 자유도 있는 거 아닙니까 너와 내
가 뛰놀 때면 두 마리의 돼지를 떠올립니다 나는 신이 잘
못 누른 버튼입니다 시는 죽었다 나는 身을 끓이고 있다
이것이 신의 몸이라면…… 나는 속을 끓이면서 눌어붙
은…… R'Amen

난 爭議가 쏘아 올린 작은 鳳

비정규직이라고 합니다 일요일이니까 일을 합니다 用器 있는 자가 라면을 얻는다 용기도 없어 가방 속에 컵라면이 들어 있는 것입니다 신은 언제나 일요일에만 있다 신이 일을 하고 있지 않기 때문에 어떤 사람들은 일을 한다

범재와의 전쟁

눈이 올 때마다 생각한다 여기는 어쩌면 신의 재떨이가 아닐까 신은 가끔 여기다 침도 뱉는다 먹고 남은 컵라면 용기처럼 선한 사람들이 세상을 아름답다고 말할 때 나는 기도한다 R'Amen 나를 키운 것은 페라리 바람이었다 신이 있다면 제일 먼저 떠든 아이로 불려 나가 뺨을 맞겠다 당신이 끓인 라면이 이렇게 불었노라고 말하면서

●"① 야간의 주간화 ② 휴일의 평일화 ③ 가정의 초토화 ※ 라면의 상식화"는 고 김영한 청와대 민정수석의 업무 수첩(비망록)에 적힌 메모로, 당시 비서실장인 김기춘의 지시 사항으로 추정된다. 「김기춘 '야간의 주간화·가정의 초토화…' 살벌한 업무 지침」, 『한겨레신문』, 2016.12.13 참조.
●R'Amen: 날아다니는 스파게티 괴물교 신자들의 기도.

파롤의 크리스마스

―蛇傳 8

놓을 때가 된 노을이 있다 여기는 신이 버린 주말농장 우리는 가난을 서로에게 떠넘기며 놀았다 목마른 자가 음울을 판다 우리 매달리지는 않기로 했잖아요 너무 익어 무른 도원 바닥에 붉은 감이 떨어졌다 마침표가 발밑에 번져 밤이 왔다 언어의 정원 초과였다 말에 너무 많은 것이 타고 있었다 말 위에서 세상이 불타고 있었다 우리는 유리를 접고 밖으로 나가 구름을 만들며 그것을 구경했다 유리한 위치다 우리는 진실만을 말하면서 헤어진다 거짓말을 하면서 사랑했고 본드를 부는 아이들에게 필요한 것은 유대뿐인데 그것만을 주지 않았다

다다른 말들

인도에서 돌아왔을 때 나는 소똥의 부재가 두려웠다 길에 소가 없다니 침묵에도 청자가 필요하다니 이상합니다 알아들을 수 없는 말은 모두 같은 말입니다 같은 말을 했는데 우리는 왜 다른 곳을 보고 있습니까 그저 발화만 보고 있지 지금 이 상황에 웃음이 나와요 말은 노래가 아닌데 노래는 말이 되고 마는 것입니까 음울한 개구리는 바닥에서 노래를 부른다 무거운 어둠에 눈을 뜰 수 없는 것을 子正作用이라고 부릅니까 이것은 Sorry 없는 아우성 절

반이 사라지는 시간을 半死作用이라고 이릅니까 말이 씨가 될 때까지 개구리가 올챙이가 될 때까지 말이 시가 될 때까지 더듬어야 한다

다 다른 말들

메멘토 모리[森] 숲을 기억해 등 푸른 선생은 무덤이지 우리는 모두 수포로 돌아갈 거야 닫힌 유리창에 찔리기도 할 거야 금 간 鏡이 단단하게 흩뿌려져 있다 사물이 보이는 것보다 가까이 있습니다 왜 다 끝나고 나서만 미안하다고 말하는 건가요 그 말에 의미가 있습니까 아무것도 가지지 않는 가지처럼 오직 빈손으로만 얼굴을 만질 수 있다 이리 오너라 업보 놀자 습속에도 바람이 있습니까 智의 끝에 어른거리는 아이들이 있습니다 濕한 말을 하는 귀신들에게만 들려주었던 산책과 죽은 책들의 갈피를 생각하면서 아침에 도착해야 한다 마지막 장은 雨期기로 했습니다 발자국이 언어가 될 수 있습니까 책은 숲으로 돌아갈 수 있습니까

다 닳은 말들

야구

―蛇傳 9

왜 난 조그만 일에만 붕괴하는가

그러나

나는 시선을 던지는 투수 봄을 던지는 투수

마침내 모든 것을 포기하고 다시 나를 던졌을 때 무심히 나를 쳐내는 타자 나는 사실 이기고 싶지도 지고 싶지도 않습니다 몸과 마음을 모두 던져 버렸다 포기도 던져 버렸다 공격의 반대는 수비가 아니라 피격입니다 아무것도 던지지 않는다면 얻어맞지는 않을 테다 자포자기면 백전불태 게임은 그런 거 아닙니까 입을 벌린 사냥개의 붉은 혀처럼 해는 떠오르고 그 속에서 탐욕스러운 亥가 나의 시선을 잡아당긴다 나는 신의 아침 식사처럼 일어나서 씻는다

마운드 아래는 절벽 강철의 마인드로 십 점 만점에 실점 이것은 무엇을 수치화합니까 누가 나 대신 점수를 벌어 주었으면 좋겠다 아무도 나의 竝을 받아 주지 않는다 나의 수치는 이 세상이다 한 번도 공격할 기회를 주지 않는 세상이다

타자는 지옥이다

어째서 방망이를 들고 있습니까 왜 나를 노려봅니까 선생이든 후생이든 모두 나를 때리려 합니까 더 어려운 말

로 나를 어지럽혀 주세요 떼려야 뗄 수 없는 어둠이 눈꺼풀 안쪽에 붙어 있습니다 무언가 번쩍이며 돌아다닌다 위장 속의 나비가 홧홧하게 불을 켜고 날갯짓을 할 때마다 손끝은 떨린다 신은 이럴 때만 귓속에서 이죽거리지 모든 신은 그래서 귀신이라지

청춘의 포주

홈에서 출발해서 겨우 홈으로 돌아오기 위하여 뛰어야 하다니 1淚, 2淚, 3淚, 주자는 취해서 집에 돌아온다 파울 볼처럼 떠오른 달 연장전을 진행하면 시간 외 근무 수당이 나오니까 이번 생은 모두 전생에 따른 잔업이다 지구에서 퇴근하고 싶다 나는 또 하루를 던졌다 실패는 언제나 새롭다 그러므로 우리는 같은 경기를 일으킨 적이 없다 저 달이 떨어지면 게임은 끝나겠지 매번 달은 다시 떠오르고 신은 다정한 말투로 화대를 요구한다 득점은 없고 통점만 주면서

미녀와 외야수

장자는 숲속의 공주 던져진 공은 혼곤한 나비처럼 날아갔다

홈런

이제 나는 아무런 달리기도 하지 않을 거야

다 상관없는 일이다

미녀와 외야수처럼 멀다

그레고르 잠자는 습속의 군주에게 죽임을 당했다

다 상관없는 일이다 홈런 집이 날아간다 가족 같은 일
이다

한밤중 놀이터에서 떠도는 들개가 있다, 나에게 夜狗는
그런 의미다

뼈아픈 9회

슬프다

내가 던진 자리마다

모두 폐허다

삶은 던져도 돌아오겠지 싸구려 야광별처럼 천정에 달
라붙어 있다 신은, 야음을 틈타 입을 벌린 스코어보드 나
는 이것을 위해 청춘을 던졌습니다만 노카운트, 어째서 공
을 던지면서 춤을 추면 안 됩니까 꿈속의 관객들은 모두
돌아가고 혼자서 겪는 연장전 포크를 던지고 파스타를 던

지고 고함을 던지고 애인을 던지고 글-러브를 던지고 게임을 던져도 끝나지 않던 나의 이전투구 세기말 투아웃 더러운 몸통에 열기만 꼬이고

청춘 불펜
꿈은 아직도 나를 연습하는 중
연습장을 열심히 달려 봐도 아무도 나를 꺼내 주지 않는다
불 꺼진 새벽 꿈에서 일어나 눈을 비비면 끝과 시작이 서로 옷을 바꿔 입고 있다
나는 눈에 불을 켜고 말한다

폐허 플레이

라면이 분다
살아 봐야겠다

열
―蛇傳 10

다시 만난 생계

그는 매우 가지런하다 그의 용서는 매우 정의로워서 한 번도 실현되지 못했다 나비와 나방의 차이를 아느냐고 그는 물었다 아름답거나 아름답지 않거나, 나는 되물었다 어떤 나비는 무섭고 어떤 나방은 아름다운데요 그는 그런 것들을 지워 버리겠다고 했다 나는 나비와 나방 사이에서 춤을 추는 '나'가 있다고 말했다 그는 나를 지워 버리겠다고 했다 이 무지의 이미지 모리스 블랑쇼, 라고 이름을 말하면 아무것도 모르는 사람이 될 것 같아 좋았다

불한당들의 생계사

그는 매우 뜨겁다 열정적으로 투쟁하고 정의롭게 산다 그의 투쟁은 신성한 것이었기 때문에 투쟁의 방식 역시 투쟁의 대상이었다 많은 불한당들이 손에 땀을 쥐고 그것을 바라보았다 그의 올바름은 팔릴 만한 가치가 있었고 많은 사람들의 손으로 돌아갔다 어리고 여린 잎들이 실은 모두 날카롭다는 사실을 말하면서, 그는 투쟁의 방식에 대한 투쟁을 멈추는 것을 경계하고 투쟁하고 있었다 그러다가 문득 그가 원래부터 투쟁하던 것이 무엇이었는지 잊었다 그러나 그는 아름다웠기 때문에 사람들은 모두 그가 잊었

음을 잊어 주었다 우리는 뜨거운 국물과 함께 소주를 먹
고 마시며 몸을 식혔다 그러니까 마지막 醜聞 나와 함께

생계의 끝과 하드보일드 언더웨어

그는 좀 떨어진 사람이었다 공돈을 기다리며 에스트라
공 속옷을 삶고 있다 요즘 누가 속옷을 삶습니까 그는 말
했다 이제 나를 그라고 부르는 것은 좀 그만두지 그래 가
난만큼 쉬운 게 없다네 블라디미르, 기다릴수록 짧아지는
삶과 헤지는 속옷 같은 것들 나는 나를 위해 매일 바지를
내린다네 삶은 속옷이라네 나는 나를 위해 매일 잘못 들
은 노래를 불러 준다 사랑은 비둘기여라 그대는 매가 아
니다 나의 방은 나비처럼 날아갔다네 죽으려면 살아야지

레인
―蛇傳 11

한없이 투병에 가까운 블루

푸르다는 말이 어지러울 때가 있다 어느 강가에서 푸른 허공을 푸르른 잎들이 물어뜯고 있는 것을 보았다 덫 없는 청춘 너는 참 푸르구나라고 말할 수밖에 없는 봄 나무들이 사방에 있다 봄을 너무 여러 번 보면 마음에 푸른 멍이 든다 봄을 멈추고 눈을 감으면 죽는다 긴 골목은 창백한 표정을 기르고 있다 봄에는 비가 내린다 투명한 것은 모두 푸른 쪽으로 흘러간다 우리가 피톨처럼 돌아 살려 주는 거인이 있다 봄밤의 거리는 정맥처럼 푸르다 뇌가 누군 줄 알아 붉어진 얼굴이 소리친다 피 안에 피안이 있다 아침과 저녁이 모두 푸른빛을 띠고 있다 더러운 것은 꿈 밖에서 삼키도록 해 세계가 조금은 깨끗해지겠지 혼자서 악의를 낳고 말겠어요 이 거인을 위해 누군가는 오늘 밤 병균을 껴안고 잠드는 중이다

벼랑과 함께 살아지다

살림 같은 걸 하고 싶었지요 손대는 족족 화분을 죽이며 그래도 살림이라고 말하고 싶었는데요 나는 봄에 태어난 사람 모두들 달려가고 있었으므로 넘어져야 사람을 만날 수 있습니다 신의 젓가락이 된 기분으로 거리에 우두커

니 서서 말 없는 발이 천 리를 간다 아임 破人 땡큐 괜찮아
요 괜찮습니다라고 말하는 사람은 괜찮지 않은 사람이다
내가 달려가다 넘어지면 너희들이 그 위에서 사랑을 하는
거야 어느 날 친구는 그렇게 말했다 바닥은 따듯하고 세
상은 거인을 사랑합니다 연약한 것들만을 화분에 심는 기
분으로 더 작은 것들만을 사랑해야지 내 기분의 보조, 개
들이 얼굴에서 실룩거립니다 표백제를 사고 선한 기분으
로 잠이 듭니다 내일도 깨끗한 옷만을 입을 겁니다 더러
운 이름을 없애는 건 죽이는 것이라고 부르지는 않습니다

작위 앞의 생

―蛇轉 12

소년이여 신하가 되어라

어른은 말을 하지 못했을 때만 겪었던 환상이다 걸음마를 배우면 넘어질 것이며 너는 살면서 많은 것을 배우고 더 많이 어려질 것이다 네가 골목을 달리며 뛰어오를 때 항상 제자리로 떨어질 것이며 발밑에서 너도 모르는 세상이 부서진다 그리하여 너는 높이를 알 것이다

너의 잘못은 아니었지만 모두 너의 결과다 기적적으로 아무런 기적도 없을 때까지 평생 가르침을 벗어나기 위해 뛰겠지만 부모라는 이름의 부메랑이 날아온다 너는 끝까지 짐을 모실 것이다 미래는 실수뿐이다

一夕二朝 너에게 악몽의 다른 이름이 삶이라는 것을 말해 주지 않은 것이 누구인가 가장 빛나는 것은 죄의 이름이다 네가 눈을 감고 잠 속으로 침잠할 때 밝아져 오는 기억이 너의 실수가 아니라면 아침까지 어떻게 돌아올 수 있는가

신은 자비롭다는데 신을 따르는 자들은 자비를 모른다 너는 빨대의 구멍이 몇 개인지 싸우는 사람들의 글을 읽는다 빨대의 구멍은 1개인가 2개인가 너는 신의 아가미다 너는 계속 골목을 달리며 먼지를 마시고 걸러야 한다 잊지 마 포기하면 偏愛 인간이 빨대라면 구멍이 몇 개인

가 인간은 신이 만든 怨痛 다 안다는 듯이 질문을 멈추면 유년이 끝난다 그래서 과거는 모두 성인들의 몫이다 너는 목적이 아니라 도구입니다 A doom 속에 나 홀로 너는 부품입니다

실패를 두려워한다 너는 참 어른스럽다 무쏘의 뿔처럼 혼자서 구라 너는 참 침착하다 사실은 겁에 질렸다 이것은 주장을 모른다 이것은 굳어 간다 사람은 아주 잠시뿐이었다 전쟁은 나쁘고 유치하지만 영웅은 그것을 한다 전쟁놀이를 하는 것은 성장이니까 너는 과거가 된다 너는 구분하고 판단한다 너의 신화는 최고의 신하가 되는 것이다 골목에서 소년들은 기후를 만들어 댄다 너는 진실이 끝나야 거짓말도 끝나는 것을 알고 있다 죽은 사람들 때문에 너는 영영 너의 주인이 되지 못하고 같은 잘못을 할 것이다

*어느 날 너는 아이들에게 나를 너라고 쓰는 일기를 숙제로 내준 적이 있다

중심을 벗어나려는 의지만이 중심을 세운다
태풍이 닮으려던 것은 꽃잎의 형상이다
배부른 자들은 결국 스러질 것이다
패배할 줄 모르므로 증발할 것이다
나는 나의 사랑으로 저주한다

미미크리

말은 곧 뱀으로 시작된다 눈꺼풀 위에 올라앉을 정도
로 가는 뱀 다문 입술 사이를 빠져나가는 검은 바늘 창문
을 닫으면 접혀지는 달빛의 선분 오래전 밑줄을 그어 놓
고 한 번도 펼쳐 보지 않은 책 나의 유리창에 날아와 부서
지던 돌멩이들을 생각해 나는 불을 끄고 꽉 막힌 사진 속
의 얼굴을 만져 본다 잉크병처럼 닫힌 채로 공기와 만나기
전까지 몸속의 피는 검정이야 불꽃을 물고 짧아지는 도화
선 내 말은 길고 어둡고 무겁다 누군가가 들어주었으면 해

봄이야
밤인데 봄이야
입을 다물었는데도 터지는 봄이야
검은 봄이 나무를 타고 올라 목련 꽃의 고개를 똑똑 분
지르는 뱀이야

손을 잡았는데 가시가 만져진다 나의 체액은 이런 곳
에서 온다 이를테면 손톱이 계속 자라는 것 그 밑에 낀 먹
구름들 내가 나를 흉내 내는 동안, 장미의 줄기에 달라붙
어 소리를 빨아먹는 잿빛 거머리에 관한 이야기 나는 혼
자 허물을 벗고 떠났는데 거기에 네가 있다 그리고 다시

우체통에서 태어난 우체부처럼 길가에 피를 한 방울씩 흘리고 소실점으로 떠나는 뱀의 뒷모습으로 문장은 끝난다

없는 나라

나 없는 나라

거기에는 낮도 있겠지 거울 속에 주저앉아 나를 기다리는 나도 없겠지 아무것도 먹지 않고 아프지도 않고 요금도 낼 필요 없는 곳에서 나를 먹여 살릴 고민도 없이 없는 그대로

거기에는 사람들이 있다는 것을 안다 내가 없으므로 너라고 말할 수 없다 밝지만 해가 없고 내가 없으므로 커튼이 필요하지 않다 나 없는 나라는 평온하다 나는 갈 수 없지만 알고 있다 아침마다 만들던 써니사이드 업도 없다 반숙도 완숙도 중요하지 않다 내가 없기 때문에 어떤 하루의 계란도 없다 음악을 듣던 내가 없어서 자명종도 없다 운다, 도대체 누가 운단 말인가 내가 없는 곳은 아무도 없다 아무는 나다, 상처 없이 아무는 나다 나는 상처다 아무도 말이 없다 평화롭고 아무도 갈 수 없다 나라는 상처가 아무는 중에 잠시 생긴다 나라는 아무도 아닌데 있다 나 없는 나라는 있다 그런데 누가 안단 말이지 질문에 대답이 없다 심지어 아무도 없어진다 사람이 있는데 아무도 아무의 것도 없는 나라

나 없는 나라는 국경이 있다 아무도 국경을 넘지 않는다 누구도 국경이 어디에 있는지 모른다 그런 나라를 누

가 다스린단 말이지 아무는 말이 없다 상처가 없으니 아
무는 말도 없다 아무도 모른다 상처가 없는 나 없는 나라
는 입국이 어렵다 아무도 드나들지 않아서 나 없는 나라
는 평화롭다 나 없는 나라에 가고 싶다 그러면 내가 제일
웃길 텐데 여기엔 내가 없어요

너 없는 나라

내가 간신히 그곳에 도착했을 때 네가 없었기 때문에
아무도 없었다 사방에 너 없는 나라가 가득했다 어느 쪽
으로 걸어도 끝나지 않는 광활함이 있다 거리가 사라졌다
네가 없었으므로 모든 계란이 일시에 낙하했다 미래가 없
었다 다 쓴 펜만 가로수처럼 꽂혀 있다 할 말은 가득했지
만 들을 수 있는 사람이 없는 너 없는 나라는 말을 잃었다
내가 없는 것과 다름없었다 여기에는 아무도 없다 그러나
말하고 있는 나는 누구인가 아무라도 말해 주기를 바랐지
만 아무도 말이 없다 너는 나 없이 다른 나라를 세웠으니
나는 나머지의 나라에 있다 내가 아니게 될 때만 갈 수 있
는 나라 나 머지않아 죽어서 닿을 곳 달걀을 잃어버린 닭
처럼 고개를 흔든다 내가 무엇을 잊어버렸지 잊어버린다
는 것은 뭐지 나는 뭐지

나는 법을 알아요 나는 법을 앓아요 나는 나는 법을 앓아요 나는 법은 앓아요 나를 공기 중으로 밀어 올리는 너 없는 나라

만연한 것의 이름은 옅어진다 구분되지 않는다 너 없는 나라는 없어진다 자정이다 여기에 믿음은 없고 신만 남아 있다 투명한 대기를 너라고 부를까 영수증처럼 구겨진 지형을 보면서 나를 너라고 불러 보려는데 내가 없어진다 너 없는 나라를 부를 입술이 지워진다 말할 수 없는데도 사방에 있는 너 없는 나라는

없는 나라
너와 내가 같이 있었다 아이들이 살아 있었다 너와 내가 같이 잊었다

계절

사거리에 서 있다가 사람이 사람을 실수로 죽이는 것을 보았다 피가 흘렀지만 구름과 바람이 같이 흘러 화창해졌다 신호등은 정해진 색깔로 점멸하고 있었다 눈물을 삼키다 가라앉는 사람도 보았다

은하수는 하늘에 떠 있다 밤하늘에도 물이 가득하다 이름을 부를 때면 입에 간격이 생긴다 선분 같은 걸 공책에 그리고 있다 아무도 부르지 않는 네 번째 이름을 스스로 지어 보면서 그 물을 다 보고서도 우리는 물을 마시고 살고 있지 않습니까라고 말하면서

넷이 모여 하나가 된다니 이상합니다 집이라는 것이 생길 것 같다 공포에 질린 바둑알처럼 사람들은 희거나 검은 얼굴을 하고 있다 안전하다고 합니다 넘치는 것이 있습니까 안전하다고 말하면서 우리는 문을 걸어 잠근다

계절의 담장을 주인 없는 고양이가 걸어서 통과한다 어려지거나 늘어 가면서 무늬를 갈아입고서 골목은 여전합니다 집을 둘러싸고 있다 그 속에서 하염없이 울고 있는 사람이 있다는 것을 알지만,

방은 나를 먹으며 나를 견디고 있다 포위라는 말이 안전하게 느껴진다 벌레와 함께하는 잠이 있다 새까만 벌레들이 내 머릿속을 누를 때 인간도 외골격이 있다면 좋을텐데 하고 생각한다 누군가는 영영 문을 열어 두고서 산다는 말을 들었지만,

아무도 미워하지 않으려 나를 미워하는 것은 좋았다 내가 마음 없이 눌러 죽인 기억들을 생각했다 벌레의 안쪽은 부드럽고 따뜻하겠지 그것들은 밉지도 않았는데 잊고 말았다 계절은 끝나도 계절이라 한다 잠, 내가 가장 죽이고 싶은 내 몸속 망각의 계절이다

음펨바 효과

　사는 동안 더 많은 잘못을 하도록 해 그러면 기억의 윤
곽이 단단해질 테니

슬픔이 없는 농담은 싫다
그건 누군가 발라낸 거죠
신은 황혼녘에 푸줏간을 차려 놓고 기다린다

그러니까 슬픔이 뼈인지 고기인지 모를 저녁에
머릿속에는 얼어붙은 구름이 굴러다닌다

완벽한 세계에서 산다면 언어가 필요할까

집으로 돌아가 뜨거운 소나기를 맞도록 해
자정이 지나면 눈가에 얼음을 흘리면서
단단해질 수 있도록
얼음 틀을 집이라 부르기도 한다
귓가에 접어 둔 쪽지, 눈가에만 말을 거는 입술 같은
허망한 일은 접어 두고
단단히 식을 수 있도록
뜨거운 것은 빠르다

노인이 소년에 갇히는 것은 사랑에 빠졌을 때뿐
  소년이 노인의 표정을 지을 때는 사랑에 갇혔을 때뿐

  노인도 소년도 아닌 덩어리가 눈을 감는다 오래도록 남
아 있는 주머니 속의 동전처럼 非行韻만으로는 아무것도
거슬러 줄 수 없다 그러니까 신을 거슬러 주고 싶다 잠에
서 깨어날 때 뜨겁다는 말은 왜 차갑게 들리지 차가운 것
은 어째서 금세 뜨거워질까 우리는 그것을 식어 간다라고
부르기로 한다 뼛속에서 바람이 분다 시리다는 말은 몸에
창문이 생긴다는 뜻이지 그것이 열려만 있다는 말

  사랑은 불멸이고
  우리가 죽는 거야
  불길에 휩싸여 더 단단해지는 얼음이 있다
  나는 일기를 너무 많이 빌려 주었다

  모든 사물은 떨리고 있다 당신은 말했었지 단단한 믿음
은 움직이지 않는 것이 아니다 아주 천천히 돌아서는 것
일 뿐이라고 봄의 말을 하고서 금세 겨울의 초입이 된 사

람 열리지 않는 믿음을 어떻게 믿기 시작할 수 있지 나는
아주 먼 후일에 그런 표정을 보기를 바랐다 찬 얼굴의 표
면을 만질 때는 공중에 던져진 동전을 생각한다 떨어질 것
이다 항상 전보다 더하거나 덜한 날씨들

　내 잘못을 썰어 냉장고에 넣어 두고 잊은 적이 있다 잊
으려고 그랬다 아주 오래전 소녀였던 사람의 이름을 부르
며 음펨바, 눈물로 사람을 찌르려면 차가워져야지 얼었다
녹는 것을 반복하며 썩어 간다는 것을 절기라 부르고 있
다 핏물과 육즙의 차이를 생각하면서 감정의 마디가 굳어
질 때까지 표현을 연습한다

소리의 세계

　기분을 발견한다면 꼬리도 얼굴이라 부를 수 있다 얼굴은 눈을 찌른다 천천히 혹은 빠르게 움직인다 고양이의 꼬리가 물음표를 그린다 얼굴은 표면에만 있다 만질 수 있다 얼굴은 침착하게 수면에서 빠져나온다 얼굴은 전진한다 밖으로 뿜어낸다 털이 자란다 나는 얼굴에 고여 생각에 잠긴다 멈출 수 있을까 얼굴은 꼬리를 물고

　한 사람을 얼굴은 견디고 있다 얼굴은 공기를 건너간다 창밖으로 풍경이 닫힌다 얼굴이 잠시 열렸다 닫힌다 나무들이 수심에 잠긴 얼굴을 떨구는 동안 물 잔 속의 수면이 구겨진다 사건의 끝에는 얼굴이 있고 얼굴이 모든 것을 끝낸다

　거울은 얼굴을 보여 준다 입을 다물어도 얼굴은 말한다 지우개를 쥔 것처럼 주먹을 쥐고 얼굴을 문지른다 잠시 전구가 깜빡거리고 얼굴은 환하게 어두워진다 다른 미안이 발굴될 때까지 마주 앉은 얼굴 하나가 깊게 파인다 고양이가 쉼표를 물고 뛰어오른다 얼굴은 그런 식으로 입을 열고 정지한다

그을음 작목반

낮에 대해서 이야기하기 위해 밤에 대해서만 쓴다 사람의 이름을 지워질 때까지 쓴다 빛도 가득 차면 눈이 먼다 어두워져 보이지 않을 때까지 부른다 이것은 입속의 암흑을 기르는 일이다

나의 집에 당신의 집 열쇠를 두고 온 때가 있었지 내 열쇠는 당신의 집에 있었고 우리는 택시를 타고 맴돌았다 집은 어디에 있나요 죽어 간다는 말을 산다는 것으로 이해하면서 낮에 대해서 이야기한다 눈을 깜빡일 때마다 밤은 눅눅해진다 빛이 잠기는 집이라는 말이 당신의 눈 안쪽에 있다 잠긴 집들의 창문으로 다리 없는 새가 밤새 날아가 부딪히고 있다 어둠 속에서 더 어두워질 때까지 돌아가지 못한다 어둠 속에서 더 어두워지려면 빛이 필요하다는 말을 하면서

내가 사냥하는 거리의 대기는 열쇠가 없어 멈춰서 쉴 수가 없다 날숨은 점점 더 어두워진다 나의 마지막 집은 불꽃이 될 것이다 우리는 불 속으로 걸어 들어가는 한 자루의 연필이나 필연이 되겠지 쉽게 부러지는 목탄이 되겠지 밤의 밑그림이 되겠지 부족한 여백을 채우기 위해 누군가

죽겠지 아직 어두워지지 않은 사람들이 거기에 반짝이던
간판을 그려 넣는다

스프링

줄넘기를 하다가 넘어지면 봄은 빠르게 지나간다 일어
나 보면 이듬해 봄 놀이터는 줄어들고 있다 억눌린 표정
으로 스프링, 자라나는 구역질을 막아 보았지만 스프링,
주머니 속에서 튀어 오르는 동전만큼 건강하게 웃자란다
신발주머니를 잃어버린 표정이 먼저 집으로 돌아가 버리
고 내 속에는 어른이 자라고 있다 네가 때린 아이들의 울
음소리를 잘 들어 본 적 있니 꼭 한 사람에게 배운 노래,
같은 버릇을 누가 양손에 쥐여 주었지 그게 누구인지 알
고 있다 나는, 스프링

흰 화약들이 공중에서 부풀어 오른 목련의 밤 치마의
끝을 말아 쥐며 이리 오렴 신선한 죽은 과일을 줄게 밤의
가로수들은 말한다 어른이 되면 머리 위로 나무가 자라지
검은 손이 나무 속으로 새들을 꾹꾹 눌러 담았다 어른들
이 자라서 결국 무엇이 될지 알고 있다

어른들의 앙다문 입에서 치아가 부서진다 말하는 어른
들의 입가에서 가루로 날리는 것을 봄눈이라고 썼다 고장
난 시계가 침을 흘리면서 자정을 가리켰다 키 큰 아이들과
등이 굽은 어른들의 그림자가 공평해진다 놀이터에서 놀
던 아이들이 악을 지르며 거리를 고장 나게 만들었다 밤은
어른들의 눈 밑을 화장해 주었다 몸을 구부렸다 펴면 너는

선량한 어른이 되는 거야 스프링, 봄에도 겨울에도 작동하
는 스프링, 늘어나거나 줄어들거나 스프링,

파일럿 피시

　물고기가 울기를 그만둔 날 증발하는 물기를 따라 물고기는 새가 되기도 한다 입속에 치어를 숨긴 것처럼 날카로운 공기가 부풀어 오른다 골목에서는 아이들이 연을 날린다 실을 끊고 날아오른 연들이 구름 속에 들어갔다 그 끝을 바라보며 아이들은 나이를 먹었다 오르막과 내리막은 서로를 볼 수 없다 갈라지는 언덕을 달리다가 넘어진 소년의 무릎 옥시풀을 바르고 거품처럼 천천히 웃음을 꺼트린다 진하게 배어 나오던 노을의 시작점

　길에서 엎드려 울기 시작하면 사람들은 창문을 닫는다 우리는 서로의 이단이야 머리칼을 자르면 커튼이 자랐다 창문을 기르다 나무가 된 사람, 두 팔을 귀에 붙이면 소년의 몸에서 가지가 흘러나온다 많은 물고기들이 날아와 유리창에 머리를 부딪쳤다 식어 가는 체온에 손바닥을 데는 밤 후— 하— 온기와 냉기를 번갈아 뱉어 봐도 아무것도 살아나지 않는다 식탁 앞에는 하늘에서 떨어진 물고기와 익사한 새들 식사를 천천히 받아들인 입술은 붉어진다 귓등에서 아가미가 돋는다 날개와 지느러미를 가지런히 모으고 기도했다 죽은 것들의 이름을 먹고 나면 손톱이 자란다 커튼 너머로 새벽을 연습하고 있는 창문은

비겁훈련센터

식물을 길들이려 시도한 것은 누구를 위해서였는지 모른다

아이들은 태어난다 비가 오기 전부터 비가 온 후까지

아무런 일이 없어도
아이들은 생겨나고
물을 댄 논처럼 울 준비가 되어 있다

우리는 고개를 숙이며 인사한다 머리를 부딪치며 글썽이는 것을 가을 나무들에게서 배웠다 지는 것만을 사랑하지 않았으므로 우리는 거리를 벌리는 법을 배워야 했다

사람들은 모여 있고 열이 고인다 어느 날은 달빛에 녹아내린 사람이 있다는 소식을 들었다 나를 가루처럼 이겨 주기를 바란다 우리는 그를 볼 수 없었다 녹아 없어졌으므로 소리로 남은 것이다 사라지지 말아요 그런 말을 듣고 사라지지 않은 사람은 없다

밤이 오는 동안 한 번도 눈을 감지 않는 아이가 있다

우리는 그것을 일기를 쓰지 않는 자의 공포라고 부른다
그림자를 잘 그리는 아이는
금세 어른이 된다

거리에서 악수를 끝내고 손을 놓았다 낙엽이 지고 있었
다 바닥에 무수한 손이 떨어졌다 입속에 파도를 넣어 두고
서 아무런 말을 하지 않았다 집으로 돌아가서 서로를 발견
할 때까지 거울 앞에 있을 것이다

어느 날 아이들은 큰 구두를 신고 방으로 들어온다 앙
상한 손으로 허공을 움켜쥐고 더 어린 아이를 찾는다 나
의 내용은 어둠 속에서만 움직이고 어른들은 바닥을 보고
있었다 아이로 늙었다 그들의 익힘은 차가웠으므로 발붙
일 곳이 없다

아이들은 이유 없이 자라고 있다
최초로 화분을 집에 들인 사람은
방 안에 쌓인 낙엽에 질식했을 것이다

나바호

우리는 이야기하는 중이었지
불 앞에서 춤을 추며
살점이 타는 것을 바라보았다
눈가에 마른 구름
잘못된 신의 이름을 부른 것처럼
얼굴이 어두워진다

입안에 불

세상의 모든 불이 꺼졌을 때
한 여자가 혀 밑에 불티를 숨겨 두었다
깜깜한 밤에 꺼내 주었지

그때부터 사람의 혀는 붉어지고 말았다
써도 써도 사라지지 않는 말
우리는 춤을 추었지
혀를 내밀고
숲속에서
말없이 노래하면서
멈춰서 춤을 추면서

겨울이면서

이 나무는 얼마나 지속될까요

불꽃과 불꽃 사이를 옮겨 다니며
새들이 운다
갈라진 혀들이 나무로 옮겨붙는
인디언 서머
나는 너의 너
너는 너의 나처럼

너와 나는 오랫동안 울 수 있는 곳을 집이라 부른다

가엘에게

반대라는 말이 좋아 나는 이렇게 쓰고 커피를 마셨다 그 반대는 뭐지 커피를 마시지 않았다 혹은 커피를 만들었다 나는 북반구에서 살고 있다 가엘은 남반구에서 죽어 간다고 생각한다 커피를 마실수록 어두워지는 얼굴이 좋다 살아간다와 죽어 간다는 어째서 같아지는가 내가 늙어 가는 동안 가엘은 어려진다 손을 뻗어 커피 열매를 딴다 반대라는 말은 정확하다 나는 가엘에게 편지를 써서 땅에 묻었다 안녕 나는 침대 밑의 남반구야라고 시작하는 편지를

내가 잠든 동안 가엘은 반대편에서 노동을 시작한다 그곳에도 버즘나무가 있을 것이다 내가 일어나면 거꾸로 된 별자리를 세며 가엘은 나를 가엾게 여긴다 반대편으로 가기 위해 몇 그루의 가로수를 지나쳐야 하는지 나는 모른다 가엘은 한밤중을 열고 내 꿈으로 들어와 반대말 놀이를 한다 바다의 반대는 하늘이야 산이야 나의 반대는 너야 우리야 나는 너를 한 번도 본 적이 없어서 편지를 쓸 수 있다 적도의 반대는 어디일까 북극과 남극은 반대가 맞을까 매미 울음소리의 틈으로 제 목소리를 끼워 넣어 한여름의 페이지를 넘기는 귀뚜라미가 거기도 있을까 내가 당신에게서 돌아선 게 사랑의 반대였을까, 가엘

곤

　바다 위 날개를 다친 새가 마침내 호수로 돌아왔을 때 호수의 지름은 그것을 삼키려 했다 끝끝내 호숫가에 알을 붙이게 만든 중력은 수면을 움켜쥔다 우기의 가능성은 대기 중 소금과 함께 떠돌고 있다

　우산 속에서는 한쪽 어깨가 침몰한다 고개보다 먼저 돌리던 남자의 발걸음이 내는 사력을 이르는 단어가 있었다면 떠도는 입자들의 종착지를 계산할 수 있을 것이라 믿는다

　새는 물고기로 환원되는 때가 있다
　깃털에 섞인 바람은 떨어져 나가고
　물기가 그 사이를 채울 때
　구름을 마신 폐가 허공을 마신 아가미와 섞였을 때
　한 걸음 걸을 때 소모되는 숨결
　입김 속의 증기는 위로 올라가고
　마침내 물갈퀴마저 녹게 되는 찰나의 힘을,
　이 단위를 무엇이라 불러야 하는가

　나는 이것을 잃어버리기 위해서 걷고 있다
　지느러미의 추진력을 신봉한다

슬픔을 물질이라 가정했을 때
젖은 양말들은 곧 반작용을 일으킨다
원인과 결과가 같으니 부서진 공식만 가득하다

우산 속에서
함께 걷는 이들은 왼눈이 오른눈을 볼 수 없으니 얼마
나 근사한가
어느 날은 왼눈이 오른눈을 보고야 말았으니
같이 걷는다는 것은,
힘의 방향이 멀어질 것만을 증명한다
다만 하늘에서 별이라는 침묵의 단위를 발견할 뿐이다

행성들은 귓속말을 이해하기 위한 안간힘으로 자전축
을 기울이곤 했다는 것을 유추해 낸다 또한 고개를 흔들
며 슬픔의 형식을 원심 분리하고 있었던 것을

눈물의 질량이 공기보다 가벼웠다면
더 많은 별이 생성되었을 거야
물구나무를 선 가로수들이 기하학적으로 푸르게 울고
있다

루시다

창에 꿰인 말들이 회전한다 혀 밑의 구름이 출렁인다 땅거미가 놀이공원을 꿰매고 있다 말의 목을 끌어안으면 이번이 마지막이 아니야 나를 뜨겁게 태우던 몽마가 속삭인다 집으로 가자

지구는 돈다 악몽은 둥글다 장미는 허공에 이마를 찧고 있다 더 붉어질 수 있도록 울타리에 매달린다 목 잘린 귀신들이 노을의 주성분이라는 것은 오래된 비밀이다 내 몸에 허기를 가득 채운 것은 누구냐 입을 막고 뛰어 보았지만 입 밖에서 기침처럼 지형이 무너진다

공터에는 항상 모르타르가 자란다 버려진 빈 병처럼 머리를 열고 기다리면 바람이 창자를 훑고 지나가며 소리를 지른다 혓바닥이 개처럼 뜨거워진다 돌고 도는 말에서 내리고 싶다 추락하는 꿈을 꾸면 키가 자란다는 말은 믿을 수 없다

멀리서부터 까마귀들이 눈알을 빛내며 하늘을 덮는다 이것을 먹을 것이냐 몸은 머리를 잃고 가난처럼 서성거린다 버려진 머리에 내려앉은 까마귀들은 깜빡거리는 뺨

을 쪼아 댄다

　나의 지옥에서 나가라는 말은 했지만 귀신은 집처럼 돌아온다 내게서 돌아설 사람의 발걸음은 가위를 닮았다 내 몸에서 깨어난 귀신에게 꿈처럼 안전한 곳은 없다 가위는 밤을 자른다 남은 사람들은 귀신으로 다시 만나 노을을 轉寫하기를 기약한다

훌라후프를 돌리는 밤

　손은 필요 없지 허리를 흔든다 눈을 감고 흔든다 밤은 옆구리에 휘감기고 있다 시간을 돌린다 거꾸로 거꾸로 양손은 숲속에 묻어 두고 왔다 허공이라도 붙잡으려면 오른팔과 왼발이라도 써야지 살짝 감긴 안구는 둥그렇게 하늘을 휘감고 밤이 감긴다 나는 잘못한 게 없다 아무도 잘못한 게 없다 두 팔을 바짝 든다 골목은 어두워진다 몸을 굴리며 그저 밤은 밤이라고 말한다 이것은 벌이 아니다 어떤 밤은 그저 폭탄 터지는 밤 불꽃이 끝나고 검정 검정 애인의 귓속에 검은 폭죽을 심어 두고 돌아왔다 붉은 손들이 숲속에서 손뼉을 치며 나비로 날아올랐다 다시 석양이 충분해졌다

슈가 포인트

애인은 바나나처럼 부드러웠다
멍이 들어서 벗는 건지
헐벗어서 멍이 든 건지
알 수 없는 표정으로 사랑해
라고 말하면 순간 짙어지는
멍
멍, 멍, 멍
이것 봐
왜 우리는 서로의 멍을 핥아 댔을까
천사로 태어나서 악마로 살다가 천사로 돌아가려는 괴
물 둘이 여기 있다
바람을 차는 혀는 채찍 같았다
눈을 감았다 뜨면
공기가 멍들어 있다
허공에 잘린 바나나의 단면이 떠 있고
입속까지 검어진 내가 말한다
아 달다
몸속 나의 개들이 빛날 때
혀를 빼물고 밤공기를 핥는다
껍질의 본질을 생각하면서

이상하지 나는 영영 곪고 싶다

나만 지는 아침

꿈을 꾸는 동안
너무 오래 걸었다 질병은 꿈속에서 길러진다
마른침이 철창처럼 말을 가둬 놓았다
밤새 길러진 어둠이 입안 가득 출렁거렸다

나는 나로부터 넘쳐서 일어난 사건이다 꿈에서 본 것들
을 잊기 위해 눈을 씻어야 했다 꿈에서 머금은 것들을 넘
기기 위해 물을 마셨다
지난밤 수면의 안쪽에 발을 붙이고 물속을 걸었습니다
그것이 잘못이 아니라면 내 발은 어째서 아침에 부어오릅
니까 누가 내 꿈속에서 울었습니다 수면이 하늘 위까지 차
올랐습니다 강을 건너느라 잊었는데도 바람 부는 날 떠오
른 시체처럼 기억납니다

삶의 절반을 넘는 꿈이 주머니 속에서 만져진다 계산한
기억이 없는 영수증이 나를 일으킨다 이불이 이 불이 나
를 데웠다 나 먼지는 아침에 떠오른다 나는 이미 넘쳐 있
어 너를 얹어도 알 수 없다

모든 만약의 근원이 너라고 하더라도

먼지의 천사들이 나를 껴안아 몸의 부피가 줄어들 때
까지
그을음으로 나를 만지는 아침

나의 무한한 회랑

　방으로 들어가지 않는다 배 밖으로 나온 창자 같은 긴 회랑을 감람나무들이 순례 중이다 난간에 닿은 햇빛이 넘어지고 마주치는 나무들은 서로의 뿌리에서 풍기는 냄새를 맡는다 머리에서 녹음이 진동한다 안녕히 가세요 어제가 시작되기 전에 인사를 마친다 나무들은 모두 제 몸속에 화인을 누르고 있다

　길을 잃었을 때는 춤을 추며 걸어갈 것 나무들의 전언은 계속된다 나는 길을 잃은 것이 아니다 조금 긴 어제가 계속된 것뿐이다 회전문에 낀 아이들이 바깥에서 어른이 될 동안

　복도는 무한하고 나무들은 서서 잠든다 엎드린 채 두 손으로 흙을 쥐면 선량해지는 기분 방 밖으로 구겨진 바람이 새어 나온다 장롱 속에서는 부러진 인두가 헐겁게 누워 있다 무너진 책장 밑으로 기어들어 간다 여기에는 길이 없어서 안전하다 창가의 화분에서 시드는 승냥이가 이빨을 툭툭 떨어뜨리며 어두워진다

　바람의 끝자락을 회람하며 나무들이 몸을 흔든다 수많

은 공중을 흔들며 조용히 바닥에 마침표를 떨어뜨린다 길은 죄가 없다는 듯 창밖으로 내민 가지를 따라 그림자를 풀어놓는다

지적확인 환호응답

그는 허공을 가리킨 후 이름을 말하려고 했다
잠시 망설인 후에
공기
그의 손가락은 달을 가리키고 있었다

너무 먼 것은 없는 것과 같다 본 것을 믿으며 산다 달을
말한 후 그는 손을 들어 다시 달을 향해 뻗었다 손가락 너
머에는 구름이 있었다 말하는 것과 방향이 일치하는 것을
본 적이 없다 믿을 수 없는 일이다 그는 곁에 있던 것들이
사라진 후에야 그것을 알았다 이름을 부를 때면 항상 이
름의 주인은 부재했다

그는 말했다 말을 위해 어느 쪽을 가리켜야 할지 망설
였다 들을 귀가 없다 그는 의자를 가리키고 말했다 있었다
없는 것을 어떻게 가리켜야 할지 알 수 없었다

그는 별을 가리켰다 그 별은 수많은 별들의 일부분일
뿐이어서 나머지 별들이 빛을 잃었다 구름이 지나가고 다
시 달을 가리켰다 달은 움직이고 있었다 변하고 있었다

신

그는 하늘을 가리켰다 이건 멍청한 짓이야 그는 손가
락으로 나머지 손가락을 지시했다 지시하는 손가락을 지
시할 수 없었다 그는 자신의 귀를 가리켰다 귀를 볼 수 없
었다 거울 앞에 가서 자신의 귀를 향해 손가락을 뻗었다

빛

어둡다 빛 안에서는 빛이 보이지 않는다 그는 꿈을 가
리킬 수 없었다 없는 것을 가리킬 수 없었다 없는 것을 말
할 수 있다 이상하다 그는 없는 사람이고 나는 없는 사람
에 대해 쓰고 있다 없는 것을 읽고 이해했다고 믿는 당신
은 누구인가

도래지

　기차는 움직인다 사람들은 기차를 타고 내리고 기차 속에서 결혼하는 꿈을 꾼다 갈라진다 속도가 빨라지고 멈추기도 한다 언젠가 기차는 사라진다 기차를 대신할 기차가 생긴다 그것은 기차가 아니더라도 훗날 기차라 불린다 기차는 사라지지 않으면서 사라진다 한때 기차는 기적을 가지고 있었다 기차는 시간을 지나쳐 간다 봉인된 창문을 달고 정해진 곳에서 정해진 방식으로 기차는 온전하고 승객은 오르고 내린다 기차에 탄 사람들은 자기 것인 양 기차를 소유한다 승객들의 심장이 죽음죽음 뛰고 있다 내 기차는 어디로 가는 중이야라고 말한다 기차는 주인이 없거나 너무 많다 기차는 지리멸렬 연결된다 황야를 지난다 무서워 무섭다 둘이서 덜컹 탔는데 덜컹 둘이서 혼자다 혼자가 좋다 둘이서 껴안으며 말한다 평행 위에서 기차는 서로를 교차시킨다 유리된 창은 풍경을 추진한다 기차 속에는 공기가 충분한데 숨막혀 죽는다 누가 말한다 터널 앞에서 숨을 참고 눈을 깜빡이지 않으면서 버텨 내면 소원이 우리를 기다리는 밝은

　陰陰 暗暗, 陰陰 暗暗

可視가 도래합니다 승객들은 곧 다 내리고 없다 어떻게 거기서 아이가 태어난다 기차는 달리고 멈칫거리며 덜컹덜컹 달리고 말의 걸음을 배우는 아이는 엄마아빠를 잡아올게요 하고 입에서 곤충을 채집해 온다 이 지네는 바퀴가 너무 많아 창문이 너무 많아 그건 기차야 밝은 게 어두운 거야 어두운 게 밝은 거야 아이는 묻는다 둘 다, 아니야, 둘 다, 맞아, 아이가 기차를 들고 죽음죽음 가지고 논다 그래도 기차는 지금지금 달린다 달리는 것은 어느 고장에 닿는다 이 고장의 특산품은 갑자기, 갑자기입니다 달리고 있는데 승객들이 온도처럼 오르고 내린다 저 미래는 사람이야 아니야 아이가 누구한테 묻는다 멀리서 소리가 들린다 가깝다 가까워 기차는 레일의 평행이 교차할 때까지 달린다 누구의 대답이 연착한다 빨갛게 아이를 태우고 구름구름 달리고 있다

착향탄산음료

어찌하여 나는 병을 앓는가 끓어오르는 이러한 기포들을 품었는가 집이 없다는 건 그런 거겠지 지붕이 없다는 건 그런 거겠지

어둠은 빛을 피해 부글거리고
귓가에 속삭였던 전설적인 거짓말들 별자리들
김빠진 상상력을 요구하는 선분들
변하지 않겠다는 말이 목구멍으로부터 공기 중으로 떠난다

밝을 거라는 말을 믿느냐 시원을 믿느냐 공평한 교환을 믿느냐

사람들은 옷을 입고 향수를 바른다
몸속에서 넘칠 것 같은 검은 물을 참는
갑각들 게고둥들
투쟁을 투정으로 치부하고서
가난을 무능으로 몰아세우고서
허공을 잡아 집을 짓고 공기를 가두어 판다

—몸에 물이 많아 미안해
기갈 든 사람들은
더욱더 딱딱한 거짓말들을 되뇐다;
정의는 승리한다
사랑은 아름답다
신은 존재한다
차라리

다음 세상엔 덩굴로 태어나
모든 집을 넘어뜨리겠다
하늘과 바다의 틈을 무너뜨리겠다
공기에 물을 눌러 담고 물에 공기를 실어서
날개와 아가미를 달고
한밤중의 포말로 살아지고 말겠다

절연의 노래

나의 강아지가 죽었고
나의 고라니가 죽었고
나의 넓적부리도요새가 죽었고
나와 생일이 같던 먼지가 영영 죽었고
나의 손자의 손자의 손자가 죽었고
나의 산수유나무가 죽었고
계속 나는 살았다
내가 쌓은 담이 무너진 것을 보았고
컵의 물이 증발하는 것을 보고 있었다
나는 컵을 깨뜨리기만 하고
나를 아는 사람은 태어나지 않고
나를 미워할 사람은 태어나고 있고
내가 미워하는 사람을 마음속에서 죽였고
내 숨 속에서 죽는 것은 수가 없다
나는 질병이고
나는 살고 있다 내가 아는 사람들이 앓을 것을 알고
내가 알게 된 사람은 언젠가 죽는다
죽은 것을 먹거나 죽어 가는 것을 먹는다
내 허기가 한 접시의 죽음이 되고
하루에 한 그루의 나무를 씹어 삼킨다

나의 생은 잘못만 가득한 初錄이었다

슬픔의 증식에 관한 피보나치수열

장철환(문학평론가)

0. 농담과 슬픔의 열역학

이토록 웃기고도 슬픈 시가 있었나? 웃음과 슬픔이라는 이질적인 두 요소가 하나의 무대 위에 펼쳐질 때, 그건 자칫 우스꽝스러운 슬픔이거나 슬퍼지다 만 웃음이 되기 십상이다. 웃기지 않는 코미디와 슬프지 않은 신파극을 상상해 보라. 웃음과 슬픔을 하나로 섞는 일은 어려운 일임에 틀림없다. 슬픔은 스펀지처럼 스며야 하고 웃음은 스프링처럼 도약해야 하기 때문이다. 웬만한 내공이 아니고서는 그 리듬의 차이를 한 몸에 담기는 쉽지 않다. 말로써 그것을 수행해야만 한다면 더욱 그렇다.

이 신기! 김긴영 시인의 마성 같은 밀재주에 탄복한다. 그의 말 부리는 재주는 최상급이다. 말로써 사람들을 웃기거나 울리는 재주가 없는 자에게 그의 시적 언어는 경이 그 자체일 수밖에 없다. 그만큼 그의 언어는 독보적이다. 그렇다고 견줄 데가 전혀 없지는 않다. 물론 이건 그의 시가 어떤 계보에 귀속된다는 뜻은 아니다. 만약 그의 시를 보면서 기시감이 느껴진다면, 이는 그가 언어를 다루는 방식이 특정 장르의 어떤 작품과 상당히 유사하기 때문에 생기는 현상이다. 말하고 싶은 건 시가 아니라 영화다. 그것도 코미디 영화. 두 명을 거론할 수 있다. 로이드(Harold Clayton Lloyd)와 채플린(Charlie Chaplin).

해럴드 로이드. '로이드 안경'으로 유명한 로이드는 영화 「마침내 안전(Safety Last)」으로 유명하다. 시계에 매달린 채 아슬아슬하게 버티는 그의 모습은 우리에게 특이한 웃음을 선사한다. 김건영의 시에서도 이런 긴박과 위태를 발견할 수 있다. 그러나 이것이 그의 신기를 다 설명하진 못한다. 어쩌면 그의 재주는 로이드의 연기보다 '안경'에서 더 잘 구현될지도 모르겠다. 그리고 찰리 채플린. 채플린은 다르다. 그의 재주는 소품이 아니라 '표정'에서 한층 더 뛰어나게 구현된다. 「황금광 시대(The Gold Rush)」에는 이를 예증하는 두 개의 인상적인 장면이 있다. 하나는 굶주린 채플린이 친구 짐 맥케이(맥 스웨인)와 함께 구두를 삶아 먹는 장면이고, 다른 하나는 굶주린 짐이 채플린을 '닭'으로 착각하여 잡아먹으려는 장면이다. 이 두 장면은 영화에서 가장 코믹한 부분이지만, 모두 혹독한 추위와 기아(飢餓) 때문에 벌어진 일이라는 점에서 마냥 웃을 수만도 없다.

이로부터 제기되는 궁금증은 이것이다. 인간의 곤궁과 비참이 어째서 연민이 아니라 웃음을 유발하는가?[1] 이를 해명하기 위해선, 웃음과 울음, 곧 기쁨과 슬픔이 어떻게 섞이는지를 알아야 한다. 이때 기쁨과 슬픔이 우리의 감정에서 차지하는 비중(比重)의 차이에 의한 설명이나, 삼투압과 같은 농도 차이에 의한 설명은 그리 유효하지 않다. 이 문제와 직접 관련된 것은 웃음과 슬픔 사이의 화학적 변용이기 때문이다. 따라서 우리의 질문은 다음과 같이 정식화될 수 있다. 이질적인 두 개의 감정이 하나로 합쳐질 때 그 감정의 내부에서는 어떤 화학적 반응이 일어나는가? 만약 이를 제대로 정식화할 수 있다면, 채플린 영화의 웃음의 특수성을 설명할 수 있을지도 모르겠다. 또한 웃음과 슬픔이 섞일 때의 화학적 공식을 언어화할 수 있을지도 모른다. 김건영 시인은 이미 그 해법을 발견한 것 같다. 그의 "눈물"이 예증한다.

1. "질병"의 피보나치수열

먼저, 시집이 매우 독특한 구성으로 되어 있다는 사실부터 말해야겠다. 각 장의 순서는 '1, 2, 3, 4, 5······'처럼 등

---

1 주목할 것은 채플린과 짐의 표정 차이이다. 첫 번째 장면에서 구두를 먹는 두 사람의 표정은 확연히 다르다. 채플린의 능청스러운 표정과 짐의 갸우뚱거리는 표정은 대조를 이룬다. 채플린이 구두를 먹으면서 고기를 먹는 것과 달리, 짐 맥케이는 구두를 먹으면서 실제 구두를 먹는 것이다. 두 번째 장면은 바로 이러한 차이 때문에 발생한다. 짐이 먹은 것은 고기가 아니라 구두이기 때문에 그의 배고픔은 해소되지 않는다. 채플린이 닭으로 바뀌는 것은 그 순간이다. 만약 짐이 환각에서 깨어나지 않았다면, 끔찍한 가정이지만, 짐은 채플린을 먹으면서 닭을 먹었을 것이다. 마치 첫 번째 장면의 채플린처럼 말이다.

가적으로 증가하지 않고 '0, 1, 1, 2, 3, 5, 8, 13, 21'과 같
은 형태로 증가하고 있는데, 이는 그의 장(章) 번호가 '피보
나치수열'을 따르기 때문에 벌어진 현상이다. 피보나치수
열은 이탈리아 수학자 피보나치가 토끼의 번식과 관련해
정식화한 수열로, 꽃잎이나 열매의 수와 같은 자연계의 증
식을 설명하는 데 매우 유용하다. 시집의 장 번호와 거기에
실린 시편들의 숫자는 바로 이 수열을 따르고 있다. 이러한
특이한 구성이 암시하는 바는 그의 시편들이 자연계의 증
식처럼 일정한 원리에 의해 재생산되고 있다는 사실이다.
무슨 뜻인가?

　피보나치수열의 첫 번째 항인 '0'에 "내 잘못의 원인이자
결과인 세계의 뱀"을 직접 거론함으로써, 이후의 시편들이
과오에 대한 고백과 분석으로 진행될 것임을 암시하고 있
다. 이때 "세계의 뱀"은 '죄'에 대한 상징일 뿐만 아니라 특
정 실체를 지시하는 말인데, 이에 대해서는 추후에 확인할
것이다. 피보나치수열의 두 번째 항 '1'은 "질서라는 하나
의 기형을 사랑한다/내가 쌓은 블록들을 무너뜨리면서 나
는 살아왔다"로 기술되고 있다. 이 말을 "질서"를 사랑한다
는 뜻으로 오해하지는 말자. 오히려 이 문장은 "질서"가 하
나의 "기형"에 불과하다는 것을 의미한다. 이는 "기형"이
조화와 균제와 같은 "질서"의 변형이라는 상식을 파괴하고,
세계를 질서 정연한 것으로 바라보는 시선을 전복한다. "내
가 쌓은 블록들을 무너뜨리면서 나는 살아왔다"는 고백은
이로부터 도출된다. 시「알고리듬」을 보라. "죄"와 "병"이 정

연하게 반복되는 양상은, "질서"가 왜 "기형"에 불과한지, 그리고 "블록들"을 무너뜨릴 수밖에 없는지를 명확히 보여 주고 있다. 이는 시의 후반부가 '무더위 속 백일몽'으로 끝나는 이유를 설명해 준다. 피보나치수열의 두 번째 항은 그 기원이 분명치 않다는 뜻이다.

피보나치수열의 세 번째 항은 '1'이다. 여기서 한 가지 유의할 것은 피보나치수열의 두 번째 항과 세 번째 항이 모두 '1'이라는 점이다. 전술했듯 그 출처와 기원이 분명치 않은 두 번째 항은 수열의 알고리듬을 따르지 않는다. 즉 두 번째 항의 값 '1'은 선행하는 두 수의 합이 아닌 것이다. 이와 달리, 세 번째 항의 값 '1'은 첫 번째 항의 값 '0'과 두 번째 항의 값 '1'의 합이다. 이런 맥락에서 세 번째 항은 피보나치수열의 알고리듬이 적용된 첫 번째 사례라 할 수 있다. 이는 "나는 질병과 함께 나아갈 것이다"가 "내 잘못의 원인이자 결과인 세계의 뱀에게"와 "내가 쌓은 블록들을 무너뜨리면서 나는 살아왔다"의 합이자 결과라는 뜻을 함축한다. 요컨대, "잘못"과 "기형"으로부터 "질병"이 생성된 것이다. 이로부터 우리는 시집에서 증식되고 있는 것이 다름 아니라 "질병"이고, 피보나치수열을 그 증식의 작동 원리를 설명하기 위해 도입되었다는 사실을 알 수 있다. 그러니 이제는 "질병"이 증식되고 있는 랩으로 들어갈 차례이다.

이것은 이유를 모르는 우리다 만난 적 없는 사람과 일곱 번쯤 작별하고는 알았다 시작한 적도 없는데 끝만 있다 미

간에 박힌 눈물을 본다 탄생의 이유가 없으니 하강의 이유
도 없는 덜떨어진 눈물이다 한밤중에는 검은 개보다 흰 개
가 무서워진다 골목에 물이 가득 차도 윤곽이 보인다 누렇
게 뜬 달을 보면 거대한 안구 속에 들어와 있는 것 같다 이
눈의 주인은 밤에만 걷는구나 한낮에는 종이 위에 서 있는
것처럼 온몸이 검어진다 이런 것으로 편지를 쓴다 모든 것
을 편지로 생각하는 버릇이 있다 편지는 미래로 가서 과거
로 돌아온다

　　모든 것은 상상입니다 아무것도 아닙니다 다만 봉해진
말들의 산입니다 어디로 가는지 실은 알고 싶지 않습니다

　　손바닥에 像想이라고 썼다 구름 속에서 코끼리 떼가 나
타났다 지난밤 우리가 서로를 끌어안았을 때 서로의 유리체
가 스쳐 지나갔다 검은 개와 흰 개가 몸을 포갠 것처럼 새벽
이 왔다 비문증에 걸린 두 사람이 입을 꾹 다물고 제각기 투
명해졌다 우리는 서로를 포옹 속에서 통과했다고 믿는다 제
앞으로 걸어가며 눈물이 되어 달 밖으로 빠져나가려는 사람
이었다 행성들의 유격이 눈에 고였다
　　　　　　　　　　　　　　　　　　　　─「덜 떨어진 눈물」 전문

“이것은 이유를 모르는 유리다”로 시작하는 피보나치수
열의 세 번째 항의 함의는 무엇인가? 시는 “안구”에서 “눈
물이 되어 달 밖으로 빠져나가려는 사람”에 대해 말하고 있

다. 이것이 실제든 상상이든, 이 시는 "거대한 안구" 속 "유리체"에 갇힌 자가 지닐 법한 비애를 이상한 방식으로 타전하고 있다. 그가 왜 거기에 있는지는 처음부터 알 수 없다. "거대한 안구" 자체가 "이유를 모르는 유리"이기 때문이다. 마치 "비문증"에 걸린 자에게는 '비문(飛蚊)', 곧 '날아다니는 파리'가 난데없이 나타났다 사라지기를 반복하는 것처럼 말이다.

여기서 우리가 해명해야 할 난제는 두 가지다. 하나는 "미간에 박힌 눈물"이고, 다른 하나는 "비문증에 걸린 두 사람"이다. 전자는 납득하기 어려운 말이다. 액체는 신체에 박힐 수 없기 때문이다. 이것이 가능하려면 "눈물"이 액체에서 고체로 변해야 한다. 그것도 눈에서 빠져나오는 바로 그 순간에 말이다. 그런데 문제는 시에서는 이러한 급격한 냉각을 가정할 만한 어떤 정황과 단서도 찾을 수 없다는 데 있다. 이는 곧 증식하게 될 수열의 다음 항에서 우리가 직접 해답을 찾아야 할 것임을 암시한다.

위의 시는 1연 "검은 개보다 흰 개"로 시작해, 2연 "상상"에 대한 상상 놀이를 통과한 뒤, 3연 "비문증에 걸린 두 사람"에 대한 이야기로 마무리된다. 이러한 전개는 "두 사람"이 "미간에 박힌 눈물"과 어떤 관련이 있는지에 대한 궁금증을 유발하는데, "지난밤 우리가 시로를 끌어안았을 때 서로의 유리체가 스쳐 지나갔다"는 단서를 제공하는 것처럼 보인다. 먼저, "서로의 유리체"를 "지나갔다"는 말로부터 "안구"의 손상, 곧 각막(검은자)과 결막(흰자)의 손상을 가정할 수 있다. 이는 서로를 통과한 "두 사람"이 "검은 개와 흰 개"였음을 전제하며, 서로를 통과한 "두 사람"에게 남은 것은 상처로서의 "눈물"뿐이었음을 의미한다. 마지막 문장 "행성들의 유격이 눈에 고였다"는 각자의 궤도를 돌고 있는 "두 사람"의 벌어진 거리가 슬픔의 원인임을 비유적으로 표현하고 있다. 그러니 이렇게 말할 수 있다, "유리" 결정체인 "미간에 박힌 눈물"은 "두 사람"의 만남과 이별이 남긴 잔해라고. 그리고 여기에 어떤 결정적인 '박리(剝離)'가 있다.

2. "눈물"의 음펨바 효과

김건영의 시에서 "눈물"이 "슬픔"을 표상한다고 말하는 것은 아무것도 말하지 않은 것과 같다. 눈여겨봐야 할 것은 눈 밖에서 "눈물"이 급격하게 결정화된다는 점이다. 이는 "유리체"와 같은 액체 속에 잠긴 자는 세계를 어떻게 바라보는지, 그리고 그러한 시선 속에서 탄생한 시는 어떤 조직을 갖고 있는지를 알려 주는 단서라는 점에서 매우 중요하다. 예컨대,

사거리에 서 있다가 사람이 사람을 실수로 죽이는 것을 보았다 피가 흘렀지만 구름과 바람이 같이 흘러 화창해졌다 신호등은 정해진 색깔로 점멸하고 있었다 눈물을 삼키다 가라앉는 사람도 보았다

은하수는 하늘에 떠 있다 밤하늘에도 물이 가득하다 이

름을 부를 때면 입에 간격이 생긴다 선분 같은 걸 공책에 그
리고 있다 아무도 부르지 않는 네 번째 이름을 스스로 지어
보면서 그 물을 다 보고서도 우리는 물을 마시고 살고 있지
않습니까라고 말하면서

—「계절」 부분

'피를 흘리며 죽어 가는 사람'과 "눈물을 삼키다 가라앉는
사람"은 반대의 이유로 죽어 가는 사람들이다. 전자가 "피"
의 유출로 생명의 수위가 낮아지는 자라면, 후자는 "눈물"
의 적층으로 죽음의 수위가 높아지는 자라고 할 수 있다.
내부의 수위 조절이 얼마나 중요한지를 보여 주는 사례들
이다. 문제는, "밤하늘에도 물이 가득하다"가 명시하듯, 세
상조차도 "물"로 가득하다는 데에 있다. 이는 낮과 밤을 가
리지 않는데, "지난밤 수면의 안쪽에 발을 붙이고 물속을
걸었습니다"(「나만 지는 아침」)는 이를 예증한다. 또한 장소를
가리지도 않는다. "아무도 비를 맞을 수 없지만 어쩐지 모
두 젖어 있다"(「층계참」)를 보라. 따라서 "그 물을 다 보고서
도 우리는 물을 마시고 살고 있지 않습니까"라는 반문은,
이런 숨 막히는 상황 속에서도 물을 마시고 살 수밖에 없는
생의 역설을 진술한다. "몸에 물이 많아 미안해"(「착향탄산음
료」)라는 탄식이 부글부글 끓어오를 만도 하겠다.

따라서 해답은 "안구"로부터의 탈주에 있지 않다. 어디
든 감옥이라면 탈출이 무슨 소용이겠는가. 그럼 배수(排水)
는 어떤가? "물이 든 북"(「기이」)이 있다면 표면을 찢어서 물

을 빼내는 일도 못할 일은 아니다. 그러나 배출된 물을 다시 들이마셔야 할 상황이라면 이 또한 적절치 못하다. 이러한 상황들은 슬픔의 분출이 재차 슬픔을 낳는 상황을 전제한다. "이름을 부를 때면 입에 간격이 생긴다"는 구절은 그결과가 무엇인지를 암시하는 것처럼 보인다. 호명(呼名)이온전히 전달되지 못하는 이런 상황을 "행성들의 유격이 눈에 고였다"는 구절과 겹쳐 본다면, 우리가 마주하게 되는 것은 "어떤 사람은 흘리는 눈물도 가짜가 된다"(「엑토플라즘」)는 비애이다. 시인은 이런 거짓의 반복적 상황을 물의 다양한 변주들로 확장한다. 이상한 말이지만, 식'물', 동'물' 그리고 괴'물'이 그렇다.

식'물'에 관한 것이라면 「비겁훈련센터」가 잘 보여 주고 있다. 감정의 카타르시스가 비겁과 죽음으로 전이되는 과정을 보라. "나는 종종 식물들에게 듣는다 몸속에 관이 들어 있는 기분은 어떠니 물을 빨아들이는 나무 속의 짐승"(「수피」)은 식물 내부의 동물성에 관한 성찰을 보여 준다. "짐승"에 관해서라면 「0―蛇傳 0」을 빼놓을 수 없다. "천사로 태어나서 악마로 살다가 천사로 돌아가려는 괴물 둘"(「슈가 포인트」)에서 티 나게 드러나는 것은 괴'물'이다. 물에대한 기존의 상징적 의미망을 파열하는 이러한 변주들은, 그의 시가 "슬픔의 형식을 원심 분리"(「곤」)하는 작업임을 암시한다. 그의 의도는 피보나치수열을 통해 증식하는 '거짓 슬픔'의 발화들을 걸러 내는 데 있다.

사는 동안 더 많은 잘못을 하도록 해 그러면 기억의 윤곽
이 단단해질 테니

슬픔이 없는 농담은 싫다
그건 누군가 발라낸 거죠
신은 황혼녘에 푸줏간을 차려 놓고 기다린다

그러니까 슬픔이 뼈인지 고기인지 모를 저녁에
머릿속에는 얼어붙은 구름이 굴러다닌다

완벽한 세계에서 산다면 언어가 필요할까

집으로 돌아가 뜨거운 소나기를 맞도록 해
자정이 지나면 눈가에 얼음을 흘리면서
단단해질 수 있도록
얼음 틀을 집이라 부르기도 한다
귓가에 접어 둔 쪽지, 눈가에만 말을 거는 입술 같은
허망한 일은 접어 두고
단단히 식을 수 있도록
뜨거운 것은 빠르다

노인이 소년에 갇히는 것은 사랑에 빠졌을 때뿐
소년이 노인의 표정을 지을 때는 사랑에 갇혔을 때뿐

노인도 소년도 아닌 덩어리가 눈을 감는다 오래도록 남아 있는 주머니 속의 동전처럼 非行韻만으로는 아무것도 거슬러 줄 수 없다 그러니까 신을 거슬러 주고 싶다 잠에서 깨어날 때 뜨겁다는 말은 왜 차갑게 들리지 차가운 것은 어째서 금세 뜨거워질까 우리는 그것을 식어 간다라고 부르기로 한다 뼛속에서 바람이 분다 시리다는 말은 몸에 창문이 생긴다는 뜻이지 그것이 열려만 있다는 말

사랑은 불멸이고
우리가 죽는 거야
불길에 휩싸여 더 단단해지는 얼음이 있다
나는 일기를 너무 많이 빌려 주었다

모든 사물은 떨리고 있다 당신은 말했었지 단단한 믿음은 움직이지 않는 것이 아니다 아주 천천히 돌아서는 것일 뿐이라고 봄의 말을 하고서 금세 겨울의 초입이 된 사람 열리지 않는 믿음을 어떻게 믿기 시작할 수 있지 나는 아주 먼 후일에 그런 표정을 보기를 바랐다 찬 얼굴의 표면을 만질 때는 공중에 던져진 동전을 생각한다 떨어질 것이다 항상 전보다 더하거나 덜한 날씨들

내 잘못을 썰어 냉장고에 넣어 두고 잊은 적이 있다 잊으려고 그랬다 아주 오래전 소녀였던 사람의 이름을 부르며 음펨바, 눈물로 사람을 찌르려면 차가워져야지 얼었다 녹는

것을 반복하며 썩어 간다는 것을 절기라 부르고 있다 핏물
과 육즙의 차이를 생각하면서 감정의 마디가 굳어질 때까지
표현을 연습한다

—「음펨바 효과」전문

"슬픔이 없는 농담은 싫다"는 선언은 "농담" 속에 "슬픔"
이 내재해야 한다는 것을 의미한다. 이는 "농담"을 하되, 그
내부의 "슬픔"을 온전히 표현하겠다는 의지의 표현으로 읽
힐 수 있다. 문제는, 많은 실패담이 예증하는 것처럼, "농
담" 때문에 "슬픔"의 점도(粘度)가 희석될 수 있다는 사실
이다. 이것은 "농담"이라는 의장에 "슬픔"을 내장하려는 자
가 당면하게 되는 곤혹처럼 보인다. 질문은 이렇다. 어떻게
"농담"의 와중에도 "슬픔"의 에너지를 유지하고, '거짓 슬
픔'에 빠지지 않으면서도 "감정"을 온전히 전달할 수 있는
가? "눈물로 사람을 찌르려면"이라는 구절은 이런 시인의
의도를 적확하게 보여 주는데, "단단해질 수 있도록"과 "단
단히 식을 수 있도록"은 그가 선택한 방식이 무엇인지를 암
시한다. 핵심은 "슬픔"이라는 뜨거운 감정을 냉각하는 데
있다. 여기에 "뜨거운 것은 빠르다"는 확신, 곧 '음펨바 효
과'에 대한 믿음이 작동한다. 무슨 말인가?
　　일단, 「곤」의 권유("슬픔을 물질이라 가정했을 때")처럼 "슬픔"
을 물질과 같은 것으로 상정하자. 여기에서 주목할 것은,
물질의 다양한 성질 중에서도 온도에 의한 물질의 상태 변
화이다. "슬픔"의 표현으로써 "눈물"은 그것이 지닌 "감정"

에너지를 서서히 방출하는 일이기 때문이다. 간단히 말해, "눈물"은 "슬픔"의 강도를 약화시킨다. 만약 우리가 카타르시스를 통해 위안과 위로를 얻고자 한다면, "눈물"은 아주 효율적인 처방전이 될 것이다. 그러나 그의 목표는 "눈물로 사람을 찌르"는 것이다. 어떻게? "눈물"을 급속히 냉각시킴으로써. 언제까지? "감정의 마디가 굳어질 때까지". 그러니까 그는 글을 통해 "눈물"에 내재한 뜨거운 "감정"을 급랭시키는 훈련을 하고 있는 것이다. 왜냐하면 이러한 냉각 과정을 통해 시적 "표현"은 더욱 단단해지기 때문이다. "농담"을 포함한 그의 시적 표현은 그 결과물이다.

　'음펨바 현상'은 이런 기이한 일들을 과학적으로 입증한다. 따뜻한 물과 차가운 물 가운데 어느 것이 더 빨리 어는가? 상식과는 달리, 따뜻한 물이 차가운 물보다 더 빨리 언다. 이것이 탄자니아의 에라스토 음펨바(Erasto Mpemba)가 발견한 '음펨바 현상'이다. 이 난제에 대한 가장 적절한 해명은 온도에 따른 '수소 결합'과 '공유 결합'의 차이에 의한 설명처럼 보인다. 해명은 이렇다. 따뜻한 물은 분자들 사이의 간격(수소 결합)이 넓고, 물 분자 내부의 수소와 산소 사이의 간격(공유 결합)이 좁다. 공유 결합의 길이가 짧고 수소 결합의 길이가 길다는 것은 그만큼 에너지의 방출이 더 쉽고 빠르다는 것을 의미한다. 즉 따뜻한 물이 차가운 물보다 더 빠르게 에너지를 방출한다. 더 빨리 언다는 말이다.

　이때쯤 다음과 같은 의구심이 제기될 것을 예상할 수 있다. '음펨바 효과'니 '공유 결합'이니 '수소 결합'이니 따위가 대체 김건영 시의 "농담"과 "슬픔"을 설명하는 것과 뭔 상관이냐고. 그러나 '음펨바 효과'야말로 그의 시의 "기이"를 설명하는 가장 유효한 방식이라고 말하지 않을 수 없다. "슬픔"이라는 감정이 "눈물"로 표출되어 나타나는 급랭은 단순한 수사적 표현이 아니라 실제적인 현상, 곧 물이라는 물질 자체에 내재한 속성임을 '음펨바 효과'가 입증하기 때문이다. 또한 그의 시적 표현이 지향하는, "슬픔"을 내재한 "농담"이 희석이 아니라 에너지를 온전히 보존하는 일임을 입증할 수 있다. 이는 그가 "눈물"과 "냉기"에 천착하는 이유를 해명하는 데 이바지한다. "행성들의 유격이 눈에 고였다"를 다시 보라. "행성"으로서의 두 사람의 사이가 멀어졌음은 물 분자들 사이의 간격(수소 결합)이 벌어졌음을 의미하지 않는가. "농담"의 의장을 띤 "슬픔"의 강도 역시 유사한 방식으로 설명될 수 있다. "농담"은 "슬픔"의 내부 결합을 좁히고 "슬픔"의 간격을 넓히는 작용을 한다. 이로부터 우리는 "슬픔"을 결정하는 주된 요인이 '나'와 '너'의 유격임을 추정할 수 있다.

3. "슬픔"의 공유 결합과 수소 결합
이제 그의 시집 도처에서 "슬픔"의 비들이 내린다.

그런데 침대 위에서 비가 내리고 있었다 나는 새로 태어났다 알 수 없는 일들이 일어난다 비밀의 막은 투명하다 비가 올 때는 벌들이 쉬고 있다 벌들이 날 때는 비가 그친다

이것은 구름을 번역하다 생긴 나머지 값 비가시적 상상력
장미와 장마는 밀월 관계다 B를 공유한다

　벌레를 한사코 벌래라고 적던 남자를 알고 있다 우리는
침대 위에서 부리를 비비며 그를 비웃었지만 우리의 비밀이
罰來 같았다는 말은 하지 않았다 침대는 죄 많은 사람을 태
우고 떠오른다 목매단 사람들이 소리를 지르며 악보를 완성
한다

　영혼의 벗은 몸이지
　인간의 참다운 비행은 아무것도 하지 않는 것
　영혼을 벗은 몸이지

　나는 버터를 볶아 루를 만들었다 이것은 구름을 재현하
는 사고실험 가시라고 했더니 혀 밑에 장미가 가득 피었다
아궁이 속의 소년들이 울면서 루를 태웠고 밤이 부엌에서부
터 왔다

　벌들은 주위를 맴돌며 날개를 비빈다
　퍼즐, 퍼즐 즐거운 미로

　카세트테이프의 뒷면에는 벌이거나 비이거나 벼랑 위의
보풀 비난이거나 비참한 전생의 부레, 부패한 보름달과 검
은 불에 익힌 빵이 들어 있다 노래를 듣는 동안은 B를 피할

길이 없다 불 안에서 불안 참기 나는 이 노래를 태우고 있으
니 무섭지 않다 입속에 벌을 한가득 물고

　　부유한 배교자들 뒤로
　　사교적인 사제들
　　버드나무 속에는 버드 버드
　　그러나 그러나
　　비가 그치면
　　유리병처럼 햇빛이 떨어지고
　　무지개를 발음하기 위해 피는 더 붉어진다
　　　　　　　　　　　　　　　　　　　　　　—「B」전문

　　다양한 "B"들이 있다. '비'라는 소리를 공유하는 "B"들의
전개는 마치 벌(Bee)들의 '비'행 같기도 하다. 이것이 일차
적으로 시인의 '비'가시적 상상력을 보여 주고 있음은 분명
하다. 그러나 이런 활달함은 무언가 둔중하고 묵직한 슬픔
에서 발화되는 것이 분명하다. 시에서 "B"의 여러 변주들은
이를 음성적으로 강화하고 있는데, 1연의 "비" "비밀" "벌
들" "번역" "비가시적"의 '비'들은, 2연의 "벌레" "벌래" "부
리" '비웃음' "罰來"의 변주들 및 3연의 "벗은 몸"의 "비행"
을 거쳐, 마침내 6연의 "벌이거나 비이거나 벼랑 위의 보
풀 비난이거나 비참한 전생의 부레, 부패한 보름달과 검은
불에 익힌 빵"에 이르러 한껏 부풀어 오른다. 이는 다양한
"B"들의 내부, 곧 "벗은 몸" 속에 '뜨거운 열기'가 내재하고

있음을 암시한다.

　첨언할 것은 이 시의 밖에도 많은 "B"들이 있다는 사실인데, 그것을 일일이 거론하는 일은 나의 역량이 미치지 않는다. 다만, "밥"과 "별"이 각각 「음악―蛇傳 3」과 「곤」에서 별나게 표현되고 있다는 사실만은 지적해 두고자 한다. 이 둘은 서로 다른 축에서 "슬픔"이라는 감정의 근간을 이루기 때문이다. 특히 전자의 경우, "B.I.N.G.O.N 빈곤은 개 이름"과 "헌 법 줄게 밥 좀 다오"에서 보듯 언어유희의 옷을 입고 있는 가난의 문제가 '헌법'보다 더 소중한 것임을 절실히 발화한다. '질서는 하나의 기형'이라는 말은 법과 치안에도 그대로 해당된다. 따라서 그의 언어유희는 웃음만을 유발하지도, 슬픔만을 유발하지도 않는다. 이건 그의 "슬픔"이 "눈물"이 되어 나올 때 급격히 냉각되기 때문인데, 그 속도는 언어유희의 가속 속도와 비례한다. 예컨대, "짐승들의 가죽을 벗겨 스스로 우는 BOOK을 만들겠어요 짖는 북을 만들겠어요"(「편지―蛇傳 2」)를 보라. "우는 BOOK"에서 "짖는 북"으로의 전개는 벌들의 비행처럼 재빠르다.

　"B"의 전개가 한갓 말장난으로 휘발되지 않는 이유는 그것이 좀 더 밀도 높은 단어로 전이되기 때문이다. 위의 시에서 다양한 "B"들은 "무지개를 발음하기 위해 피는 더 붉어진다"의 "피"로 수렴되는데, 이때 "피"는 "비"가 분출되기 이전의 잠재태라고 말할 수 있다. 이는 "피"가 뜨거운 물이기 때문에 가능한 일이다. "붉어진다" 역시 "B"의 한 형태임을 생각한다면, 이는 수긍할 만한 일이다. "비"에서 "피"

로의 변주는 "B"가 다른 알파벳으로 전이될 수 있다는 생각을 가능케 한다. 즉, "B"에서 "P"로의 전이. 흥미로운 건 "불"로 가열된 몸속의 물은 "B"의 또 다른 변주인 '분노'의 형태를 띠지 않는다는 사실이다. 시인은 이러한 방식을 의도적으로 피하는 듯 보이는데, 여기에는 그의 선택이 미칠 영향에 대한 윤리적 판단이 내재해 있다. 아무튼 이러한 일들은 그의 시작술이 '음펨바 효과'를 따르고 있음을 예증한다. "피"의 폭발이 아닌 냉각을 통해 단단해지기.

어렸을 때 나는 냉장고보다 큰 사람이 되고 싶었다 내가 자랐을 때 가족들은 더 큰 냉장고를 사들였다 대체 불만이 뭡니까 어른이 되면 저기에 죽은 돼지를 가득 채우겠어요 넌 악마야 악마는 아니라고 했지만 엄마는 맞다고 했다 머릿속에 숨어 있는 흑색 위로, P

방에 돌아와 호흡을 닫았다 텅 빈 방에서 장롱의 혈액은 무엇일까를 고민하며, 껍질과 껍데기의 사이에서 길을 잃곤 한다 나는 가족과 떨어질 수 있는 P 지금 나를 벗어 놓은 것은 누구인가 찬장이 덜컹거린다 거기 누가 있나요 여기 있나요 어렵게 밤을 켜 두었는데 검정이 보이는 게 싫다 노래를 부르니 검은 양들이 이마까지 전진한다 어둠 속에서 라면을 끓이면 안전해지는 기분 가련한 양아치야 목양견은 대체 무엇을 위해 어둠 속에서 앞발을 흔드는 걸까

벽 안쪽에서 흐르는 소리가 들린다

애견이 당신을 사랑하는 방식
P가 작동하는 동안은
불 꺼진 방에서도 흙으로 빚은 가구가 마를 수 있다
창밖에서만 자라는 꽃, 침을 뱉으며 웃자라는 골목의 아
이들을 바늘로 찌른다 아이들은 노래를 부르며 방으로 들어
와 나를 꼭 껴안아 주었다

당신은 고칠 수 없어요 고장 난 게 아닙니다
당밀처럼 얼굴에 흘러내리는 검정
可視로 나를 찌르는 뚱뚱한 공기 P

눈꺼풀 안쪽으로 별이 태어나고 죽는 것을 바라보며
가장 즐거운 탈선은 단 한 가지 종교로 평생을 버티기로
기원한 것
영혼이 부서졌을 때 무엇으로 바닥을 훔치겠니
P가 잊힌 책갈피처럼 얌전히 이불 속으로 닫혀 주겠니
아교처럼 쓸모 있는 안개가 일어나길 빌며

밤마다 나는 방 속에서 외출하지 창을 넘어
부모라는 이름의 곤충을 채집하는 P
날씨를 적는 칸이 너무 작다
이를테면, 날씨는
아침에 일어나니 P가 끈끈했다 꿈속에 안경을 놓고 나왔
다 애완용 파리지옥이 잎을 벌렸다 식탁에 접시가 모두 뒤

집혀 있었다 그래서 오늘은 맑음

　집 밖으로 나갈 때는 모자를 벗어라 아빠의 고장 난 모자 때문에 내가 태어났다면서 무엇 때문에 모자를 벗으라는 걸까요 나는 모자를 벽에 걸어 두고 나온 P 집 밖에 나가면 혈액이 모자라 자꾸 넘어지는 것입니다 얼굴에 밤이 오는 것입니다

　움직이는 밤의 해설을 적는다 무독성 크레파스로 그린 검은색 크레바스, 내 두 눈을 다정하게 덮어 줄 검정 비닐 P
　　　　　　　　　　　　　　　　　　　　—「P」 전문

　"B"의 "P"로의 변주는 흥미롭다. 먼저, "벽"과 "방"과 "밤"의 "B"의 몸속에 흐르는 것은 "P"다. "P"는 "움직이는 밤" "불 꺼진 방" "벽 안쪽"에 차오르는 물질로 간주될 수 있다. "P가 작동하는 동안"은 그러한 물질이 활성화되는 시간을 지시하고, "아침에 일어나니 P가 끈끈했다"는 그러한 작동이 완료된 상태를 지시한다. 이는 "P"가 점액질의 액체로 상정되고 있음을 암시한다. 마치 "파리지옥"에 갇힌 '파리'처럼 몸이 '끈끈하게' 녹아내리는 상황과 유사하다. 그러니 "P"는 당장 '피(血)'다. "피가 흐르는 저녁은 왔다"(「수피」)를 보라. "혈액이 피부 바깥에서 순환하고 있다면"(「수의 바다」), "움직이는 밤의 해설"을 적는 일은 '피의 밤' 속에서 유영하는 일이기도 할 것이다.
　더욱 흥미로운 것은 "可視로 나를 찌르는 뚱뚱한 공기 P"

로의 변주이다. 이것은 "P"가 점액질이 아닌 다른 상태일 수도 있음을 보여 주는데, "B"에서 "P"로의 변주가 새로운 차원을 지닐 가능성을 보여 준다. 곧, 액체의 기화(氣化). 이 것은 몸속 피의 증발인가? 그렇다. "집 밖에 나가면 혈액이 모자라 자꾸 넘어지는" 이유가 여기에 있다. "물고기가 울 기를 그만둔 날 증발하는 물기를 따라 물고기는 새가 되기 도 한다"(『파일럿 피시』)는 이를 다른 식으로 표현한 말이다. 그러나 이러한 탈출은 불가능한 이상처럼 보인다. 그는 피 의 기화를 신뢰하지 않는 듯하다. "별"은 이를 비유적으로 보여 주는데, "다만 하늘에서 별이라는 침묵의 단위를 발 견할 뿐"(『곤』)이라는 말에 왜 기화의 방식에 대해 신뢰하지 않는지가 잠자코 도사리고 있다. 뒤에서 보겠지만, 이는 신 의 구원에 대한 불신과도 일맥상통한다. 이때 "P"는 '껍질 피(皮)'가 된다. 당연하지만, 몸속의 피를 모두 소진한 자는 형해(形骸)에 지나지 않을 것이다. 마지막 문장은 그런 상태 를 그대로 기술한다. "내 두 눈을 다정하게 덮어 줄 검정 비 닐 P"는 시신을 덮는 낭(囊)일 수밖에 없다. 마치 "피복이 벗겨진 전선처럼"(『복숭아 껍질을 먹는 저녁』) 말이다.

> 천정이 감은 눈에 달라붙었다
> 눈을 뜨면 별들이 무너지는 소리가 들린다
> 이상한 날이야,
> 내 눈꺼풀을 도려낸 것은
> 아침이라 불렀다

내가 지면 누군가 이긴다라고 쓰인

수첩을 가지고 있다 E처럼

행간은 겨울에 발명되었을 것이다

바닥으로 E가 별빛처럼 쏟아지고 있다

꿈속에서 흘린 정액이 구름이 되는 것을 보았다

그것을 쥐고 흔드는 신이 있다

말없이 백묵의 궤적을 바라보았다

녹음의 거대한 칠판이 온통 흰색이 되는 동안

그는 입을 다문 채 자신의 머리를 백묵으로 칠했다

白視는 아침의 속성이다

제가 가진 어둠을 바깥으로 토해 놓았다

죽어 가면서 몸으로 편지가 되었다

배를 가르자 이런 문장이 적혀 있었다

우리의 삶이 모순이라면 나는 방패가 되겠다

이길 때까지 지겠다

E는 조금 부서진 방패였다

—「E」 전문

　"우리의 삶이 모순이라면 나는 방패가 되겠다"는 말은
'모순(矛盾)'이라는 말이 창과 방패에서 유래되었기 때문에
가능한 말이다. 그러니까 그는 삶의 모순에서 '창'의 공격을
'부서지지 않는 방패'가 되어 버티겠다는 것이다. 분노의 찌
르기가 아니라 단단한 버티기가 그의 생존 방식이다. 허나
마지막 문장의 "조금 부서진 방패"는 그 방패가 '부서질 수

있는 것'임을 암시하지 않는가. "부서진 방패"는 창을 버틸 수 없다. 따라서 "이길 때까지 지겠다"는 것은 싸움이 끝날 때까지 어떻게든 버티겠다는 의지만을 표현한다. 사실 그는 이 싸움에서 이기는 것도, 지는 것도 원하지 않는다("나는 사실 이기고 싶지도 지고 싶지도 않습니다", 「야구―蛇傳 9」). 이것은 원치 않는 싸움에 나선 군인의 비애를 닮았다. 이러한 역설은 "이길 때까지"라는 의도 혹은 목표가 불발될 수밖에 없음을 암시한다. 이것이 삶의 모순을 방어하는 자가 마주해야 할 진짜 모순이다.

이러한 모순은 "별들이 무너지는" 실제적 상황 속에서 "내가 지면 누군가 이긴다"는 윤리적 자각으로부터 도출된 결론처럼 보인다. 그는 삶의 모순으로부터의 비상(飛上)과 "슬픔"의 기화(氣化)를 신뢰하지 않는다. 그것은 누군가의 추락과 패배를 전제하기 때문이다. 천정의 무수한 별들에서 그가 보는 것은 "전설적인 거짓말들 별자리들/김빠진 상상력을 요구하는 선분들"(「착향탄산음료」)일 뿐이다. 천상에는 온통 "죽어 가는 태양과 죽어 가는 별들"(「내생의 폭력」)뿐일 때, 지상에서 듣는 천상의 전언은 "별들이 무너지는 소리"에 지나지 않을 것이다. 그러니 우리는 "별이 쏟아지는 궤변으로 가요"(「음악―蛇傳 3」)라는 노랫말을 읊조릴 뿐이다. 거짓 희망에 대한 그의 조롱은 신랄한 데가 있다. 우리가 거주하는 세계 역시 별과 같이 "약초와 독초의 별 절반의 확률로 약초가 독초를 먹는 별 달리 마음 둘 곳 없는 별"(「0―蛇傳 0」)이기 때문이다.

그렇다면 알파벳 "E"는 왜 "조금 부서진 방패"인가? 형태적으로 본다면, "E"는 "B"가 손상된 형태이다. 이러한 생각은 "방패"가 "B"들의 계열임을 전제한다. 그런가? 기대와는 달리 「B」에는 어떤 "방패"도 없다. 사실 "방패"는 비유어처럼 보이는데, "방패"가 출현하게 된 배면에는 "배를 가르자 이런 문장이 적혀 있었다"라는 문장이 들어 있기 때문이다. 이는 갈라져서 손상된 "배"가 "방패"일 가능성을 암시한다. 그러니까 "제가 가진 어둠을 바깥으로 토해 놓았다"는 말은 갈라진 "배"("B")가 "어둠"을 토했을 때 "E"와 같은 형태를 지닌다는 의미가 된다. 여기서 우리는 그의 시작술의 진면목을 발견할 수 있다. "수첩" "행간" "문장"은 이를 암시하는데, "조금 부서진 방패"가 "B"의 또 다른 층위를 지니고 있음이 바로 그것이다. 곧, '북(BOOK)'. 이는 "별빛처럼 쏟아지"는 "E"가 "부서진 방패"이자 '찢긴 북(BOOK)'의 다른 판본임을 보여 준다.

이 말이 그르지 않다면, 우리는 그의 시에서 무수한 "E"들을 찾아낼 수 있을 것이다. 그것은 "이상한 날"에도 있고 "입"에도 있으며, "문장" 속 종성(終聲) 없는 주어의 뒤에도 있다. 그러니 "머리"에도 없을 이유가 없다. '이'처럼 말'이'다. 이런 식으로 따지자면 끝이 없다. 이건 말장난인가? 아니다. 우리가 가늠해야 할 것은 궤변처럼 보이는 그의 시작술이 지닌 요체다. 하나의 단어에서 시작해 자신의 계통을 보존하며 증식하는 말의 자식들……. 다른 이는 이렇게 진술한다. "냉장고의 몸속은 빛으로 가득 차 있다 너는 괴물이고 빛은 허기다"(『E』). 하나의 슬픔(O)에 "괴물"과 "허기"
라는 두 개의 수소(H) 들러붙어 있는 것이 보이는가. 알파
벳이 "미로"였다니! "B.I.N.G.O.N"(『음악─蛇傳 3』). 이제는
"미로"를 빠져나왔으니 맘대로 증식할 차례이다.

4. 사전, 뱀의 자식들

피보나치수열의 여덟 번째 항인 '13'부터는 문자의 증식
을 따라가기가 어렵다. 이는 "비문증"에 걸린 필자의 무능
때문이기도 하지만, 말들의 증식이 너무 빨라 그 족보를 한
눈에 가늠하기가 어렵게 되어 버렸기 때문이다. 아마도 그
는 이런 무능과 곤혹을 예상하고 있었던 것처럼 보인다.
'13'의 시편들에 모두 하나의 동일한 부제, 즉 '사전'이라는
말을 붙여 두었기 때문이다. 새로운 알파벳이 새로운 사전
(辭典)을 쓰는 일로 확장된다는 것은 자연스러운 일이다. 문
제는 이 '사전'이 '뱀의 이야기'라는 데에 있다. "蛇傳". 이것
은 두 가지 함의를 띠는데, 하나는 '뱀에 대한 전기'이고 다
른 하나는 '뱀의 말'이다. 피보나치수열의 첫 번째 항이 바
로 이 '뱀'을 호명하고 있었다는 점에서 '13'은 둘도 없는 중
요성을 지닌다. 먼저 '사전' 편찬자의 의도부터 확인하자.

시선을 타고 기어오르는 검은 뱀들이 있다
눈알 표면에서 꿈틀거리는 기호를 믿거나 믿지 말아야
한다
활자는 교활하다 흔들리고 있다

"시선을 타고 기어오르는 검은 뱀들"은 시선이 닿는 곳 어디에든 "뱀"이 편재하고 있음을 간접적으로 암시한다. 이것은 중의적인 의미를 띤다. 즉, 세계가 온통 "검은 뱀들"의 소굴이라는 뜻과 세계를 '뱀의 시선'으로 바라본다는 뜻이 같이 있는 것이다. "세계의 뱀" 또한 이런 중의적인 의미를 지니는 것으로 보인다. "눈알 표면에서 꿈틀거리는 기호"는 여기에 새로운 의미를 덧붙인다. "비문증"과 "罰來", 이를 "꿈틀거리는 기호"로 간주하는 것은 마지막의 "활자는 교활하다 흔들리고 있다"로 이어지면서 소리와 문자의 집인 "북"에 대한 그의 시각을 반영하고 있다. 마지막 문장은 '사전은 교활하다 흔들리고 있다'로 다시 쓸 수 있을 듯하다. 「사랑—蛇傳 4」의 후반부는 이를 다음과 같이 보여주고 있다.

네, 괴로워요

이렇게 정의하면 될까

사전을 펼치고 너는 가만히 뱀 두 마리를 꺼냈지

뱀이 너를 꽉 물면 울어야 해

이게 死狼이야

지렁이들

지렁이 같은 글자들

뱀이야, 死郎이야

세상의 모든 이리에 대한 단 하나의 질문

그러나
손쉽게 나를 위로했던 죽은
손끝 같은 것
사랑은 끝내 영원을 치료하고 만다
살아남은 나는 모든 말들의 어미가 되어 버려진 것들을
사랑하겠다
— 「사랑—蛇傳 4」 부분

시에서 강조된 문장("네, 괴로워요")은 생략된 앞부분의 두
문장("내게로 와요", "내 개로 와요")의 변형이다. 이들은 "사랑"
이라는 말의 몸에서 나온 세 "눈물"임에 분명하다. 특이한
것은 세 번째 문장이 티 나게 변형되었다는 점인데, 이는
'괴로움'을 강조하고자 하는 의도에서 비롯된 것으로 추정
된다. 그러니 그 의도를 따라 세 번째 부분에 시선을 집중
하자. 우선 눈에 띄는 것은 "사전을 펼치고 너는 가만히 뱀
두 마리를 꺼냈지"라는 말이다. "뱀 두 마리"는 서로 양립
할 수 없다는 점에서 「덜 떨어진 눈물」의 "검은 개와 흰 개"
를 연상시킨다. "뱀이 너를 꽉 물면 울어야 해"는 이별을 암
시한다. 그는 이렇듯 양립할 수 없는 두 존재의 '사랑'을 "死
狼", 곧 '죽은 이리'로 규정하고 있다. 마치 사랑이 상처와
괴로움의 원인이라는 듯이(「슈가 포인트」를 보라). "우리는 진
실만을 말하면서 헤어진다 거짓말을 하면서 사랑했고"(「파

롤의 크리스마스—蛇傳 8」)를 보건대, 사랑은 "거짓말"과 단짝이
기도 하다. 이들은 사랑의 불가능성을 암시한다.

　　그러나 시의 마지막 두 문장, 특히 "살아남은 나는 모든
말들의 어미가 되어 버려진 것들을 사랑하겠다"는 말은 지
금까지의 해석을 배반한다. 이러한 곤궁을 해결하는 가장
손쉬운 방법은 사랑을 거짓 사랑과 참된 사랑으로 분할하
는 것이다. 그러니까 "死狼"은 거짓 사랑이었는데, 그 실패
를 통해 비로소 참된 사랑이 무엇인지를 깨달았다는 것이
그것이다. 여기에는 참된 사랑이 무엇인지에 대한 깨달음
이 전제되어 있다. 그러나 이는 "지렁이들 뱀들을 검은 풀
들을……사랑해요"(「편지—蛇傳 2」)라는 고백과 모순된다. 오
히려 상황은 반대인 것처럼 보인다. "死郎"이 거짓 사랑이
아니라 그것과 참된 사랑을 구분하는 사랑이 거짓이며, 따
라서 "버려진 것들을 사랑하겠다"는 것은 "死郎"으로써 그
것을 실천하겠다는 의지를 표명하는 것으로 읽혀야 한다.
"나는 나의 사랑으로 저주한다"(〈21〉) 역시 마찬가지다. 이
는 "이길 때까지 지겠다"는 역설과 통한다. 또한 "불길에 휩
싸여 더 단단해지는 얼음"(「음펨바 효과」)의 방법론, 곧 "슬픔"
을 보존하는 방식과도 짝패를 이룬다.

　　이것은 보편적 사랑의 불가능성을 선포하는가? 그렇다.
그런 사랑은 냉소의 대상이 된다. 시집의 곳곳에 가시처럼
박혀 있는 사랑에 대한 냉소들은 이를 예증한다. 예를 들
어, "우리를 벗어난 개처럼, 우리는 굴러다니며 인도주의를
사랑해야 한다"(「0—蛇傳 0」), "상황에 맞는 정확한 오해로 사

랑을 만들어 봐요"(「편지―蛇傳 2」), "입속에 불꽃놀이를 넣어
줄게 사랑스러운 妖糲야"(「마리네이드―蛇傳 5」), "내가 달려가
다 넘어지면 너희들이 그 위에서 사랑을 하는 거야"(「레인―
蛇傳 11」) 등등을 볼진대, 이에 대해 더 거론하는 것은 시간
낭비일 뿐이다.

이러한 예들은 그가 사랑을 설파하는 종교에 대해 갖는
거부감을 설명한다. 「바나나―蛇傳 6」에서 "바라나시 바나
나"가 "바라 나 시바나 나"와 "바라 나 시 바라 나", "바나나
시 바 나나"로 변주되는 과정을 보라. "시바 신은 좆같습니
다"에서 "시바"는 특정 종교의 신이면서 동시에 신에 대한
모욕이기도 하다. 이때 간과하지 말 것은 신의 모독이 모독
하는 자신에 대한 모독과 분리되지 않는다는 사실이다. 「바
나나―蛇傳 6」에서 "나나 Bar! 나 나빠!"는 단조롭다. 하지
만 "시가 뭐라고 그런 곳에까지 깃들까요 시든 바나나"와
같은 진술은 상당히 강력하다. 모욕하는 자신의 발화 자체
를 모욕하기 때문이다. 이것이 그가 말하는 "이게 死狼이
야"의 의미이자 '교활한 활자'의 표본이다. 시 「미미크리」는
바로 이러한 교활한 기호를 다음과 같은 뱀의 언어로 모방
하고 있다.

말은 곧 뱀으로 시작된다 눈꺼풀 위에 올라앉을 정도로
가는 뱀 다문 입술 사이를 빠져나가는 검은 바늘 창문을 닫
으면 접혀지는 달빛의 선분 오래전 밑줄을 그어 놓고 한 번
도 펼쳐 보지 않은 책 나의 유리창에 날아와 부서지던 돌멩

이들을 생각해 나는 불을 끄고 꽉 막힌 사진 속의 얼굴을 만
져 본다 잉크병처럼 닫힌 채로 공기와 만나기 전까지 몸속
의 피는 검정이야 불꽃을 물고 짧아지는 도화선 내 말은 길
고 어둡고 무겁다 누군가가 들어주었으면 해

봄이야
밤인데 봄이야
입을 다물었는데도 터지는 봄이야
검은 봄이 나무를 타고 올라 목련 꽃의 고개를 똑똑 분지
르는 뱀이야

손을 잡았는데 가시가 만져진다 나의 체액은 이런 곳에
서 온다 이를테면 손톱이 계속 자라는 것 그 밑에 낀 먹구름
들 내가 나를 흉내 내는 동안, 장미의 줄기에 달라붙어 소리
를 빨아먹는 잿빛 거머리에 관한 이야기 나는 혼자 허물을
벗고 떠났는데 거기에 네가 있다 그리고 다시 우체통에서
태어난 우체부처럼 길가에 피를 한 방울씩 흘리고 소실점으
로 떠나는 뱀의 뒷모습으로 문장은 끝난다
—「미미크리」 전문

"말은 곧 뱀으로 시작된다"로 시작하는 이 시가 "길가
에 피를 한 방울씩 흘리고 소실점으로 떠나는 뱀의 뒷모습
으로 문장은 끝난다"로 끝나는 것은 우의적이다. 회(回)돌
고 있는 뱀의 형상은 언어의 뱀이기도 할 자신의 시에 대

한 흉내(mimicry)이다. 따라서 그 의도는 매우 명확하게 읽힌다. 기이한 것은 2연이다. "봄"과 "밤", "뱀"이라는 "B"들이 이토록 서정적인 소리를 지니고 있는 까닭은 뱀의 말이 "슬픔"을 담고 있기 때문으로 보인다. "나는 혼자 허물을 벗고 떠났는데 거기에 네가 있다"라는 진술을 보라. 이는 "뱀"이 자기 자신이며, 그 "허물"은 나의 껍데기인 "P"임을 보여준다. 그리고 여기에는 "말은 길고 어둡고 무겁다 누군가가 들어주었으면 해"라는 자신의 발화가 부서지는 것에 대한 두려움이 내재해 있다. 2연이 더욱 간절한 까닭이다. 말장난과 장광설에도 불구하고, 그의 시가 음악적인 이유도 이와 같다. 신기한 일이다.

이런 신기가 가장 절정에 달한 시는 바로 「야구―蛇傳 9」다. 어쩌면 이 글은 이 한 편 때문에 존재했다고 해도 과언이 아니다. 그만큼 이 시는 "蛇傳"의 압축판이자 그의 세계관과 인생술의 축도이며, 그의 시작술의 원리와 방법을 집약하고 있다. 여기에 다 있다. 심지어 없는 것도 있다. 전문을 인용한다.

왜 난 조그만 일에만 붕괴하는가
그러나
나는 시선을 던지는 투수 봄을 던지는 투수
마침내 모든 것을 포기하고 다시 나를 던졌을 때 무심히
나를 쳐내는 타자 나는 사실 이기고 싶지도 지고 싶지도 않
습니다 몸과 마음을 모두 던져 버렸다 포기도 던져 버렸다

공격의 반대는 수비가 아니라 피격입니다 아무것도 던지지 않는다면 얻어맞지는 않을 테다 자포자기면 백전불태 게임은 그런 거 아닙니까 입을 벌린 사냥개의 붉은 혀처럼 해는 떠오르고 그 속에서 탐욕스러운 亥가 나의 시선을 잡아당긴다 나는 신의 아침 식사처럼 일어나서 씻는다

마운드 아래는 절벽 강철의 마인드로 십 점 만점에 실점 이것은 무엇을 수치화합니까 누가 나 대신 점수를 벌어 주었으면 좋겠다 아무도 나의 空을 받아 주지 않는다 나의 수치는 이 세상이다 한 번도 공격할 기회를 주지 않는 세상이다

타자는 지옥이다

어째서 방망이를 들고 있습니까 왜 나를 노려봅니까 선생이든 후생이든 모두 나를 때리려 합니까 더 어려운 말로 나를 어지럽혀 주세요 떼려야 뗄 수 없는 어둠이 눈꺼풀 안쪽에 붙어 있습니다 무언가 번쩍이며 돌아다닌다 위장 속의 나비가 횃횃하게 불을 켜고 날갯짓을 할 때마다 손끝은 떨린다 신은 이럴 때만 귓속에서 이죽거리지 모든 신은 그래서 귀신이라지

청춘의 포주

홈에서 출발해서 겨우 홈으로 돌아오기 위하여 뛰어야 하다니 1淚, 2淚, 3淚, 주자는 취해서 집에 돌아온다 파울볼처럼 떠오른 달 연장전을 진행하면 시간 외 근무 수당이 나옵니까 이번 생은 모두 전생에 따른 잔업이다 지구에서 퇴

근하고 싶다 나는 또 하루를 던졌다 실패는 언제나 새롭다 그러므로 우리는 같은 경기를 일으킨 적이 없다 저 달이 떨어지면 게임은 끝나겠지 매번 달은 다시 떠오르고 신은 다정한 말투로 화대를 요구한다 득점은 없고 통점만 주면서

미녀와 외야수

장자는 숲속의 공주 던져진 공은 혼곤한 나비처럼 날아갔다

홈런

이제 나는 아무런 달리기도 하지 않을 거야

다 상관없는 일이다

미녀와 외야수처럼 멀다

그레고르 잠자는 습속의 군주에게 죽임을 당했다

다 상관없는 일이다 홈런 집이 날아간다 가족 같은 일이다

한밤중 놀이터에서 떠도는 들개가 있다, 나에게 夜狗는 그런 의미다

뼈아픈 9회

슬프다

내가 던진 자리마다

모두 폐허다

삶은 던져도 돌아오겠지 싸구려 야광별처럼 천정에 달라붙어 있다 신은, 야음을 틈타 입을 벌린 스코어보드 나는 이

것을 위해 청춘을 던졌습니다만 노카운트, 어째서 공을 던
지면서 춤을 추면 안 됩니까 꿈속의 관객들은 모두 돌아가
고 혼자서 겪는 연장전 포크를 던지고 파스타를 던지고 고
함을 던지고 애인을 던지고 글-러브를 던지고 게임을 던져
도 끝나지 않던 나의 이전투구 세기말 투아웃 더러운 몸통
에 열기만 꼬이고

청춘 불펜
꿈은 아직도 나를 연습하는 중
연습장을 열심히 달려 봐도 아무도 나를 꺼내 주지 않는다
불 꺼진 새벽 꿈에서 일어나 눈을 비비면 끝과 시작이 서
로 옷을 바꿔 입고 있다
나는 눈에 불을 켜고 말한다

폐허 플레이

라면이 분다
살아 봐야겠다
—「야구—蛇傳 9」 전문

이 시가 지닌 함의에 대한 설명은 더 이상 필요 없다. 그
건 앞서 충분히 설명했기 때문이 아니라, 이 시가 너무 넓
고 깊어서 나 같은 이는 아무것도 건져 올릴 수 없기 때문
이다. 다만 한 가지는 말해야겠다. 이 시에 등장하는 숱한

언어유희, 이 말의 풍성한 잔치 앞에서 우리는 처음에 제기했던 질문을 다시 던질 수밖에 없다. 왜 슬픈가? 이 화두 앞에서 많은 분석 도구들이 호명될 수 있다. 피보나치수열, 음펨바 효과, 미미크리, 엑토플라즘, 모잠비크 드릴……. 그러나 이 모든 방법론들이 하나의 문장 앞에서 무너질 수밖에 없음을 고백하지 않을 수 없다. 그건 마지막 연의 두 문장이다. 다시 인용하며 글을 끝맺는다. "폐허 플레이"다.

> 라면이 분다
> 살아 봐야겠다

0. 사족: "라면이 분다/살아 봐야겠다"의 각주

눈물 속에 불고 있는 시인은 라면인 건가?

궁금한 건 불어 터진 라면을 먹을 때의 그의 표정이다.

채플린 혹은 짐?

만약 그가 후자에 가깝다면 그는 곧 스스로를 '닭'으로 볼 것이다.

그렇지 않다면, 그는 '사람'을 만날 것이다.

이는 무척 잘된 일이다.

그러니 나도 살아 봐야겠다.

하마터면 삶아 봐야겠다고 말할 뻔했다.

이제 좀 피·곤하다.

삶아 봐야겠다.